ちくま文庫

いっぴき

高橋久美子

筑摩書房

はじめに

夢みたいにまた朝が来たんだなと、枕元の眼鏡をかけると0・02の私の目がようやく本物の朝を教える。生まれてこの方、何千回と朝を繰り返しているのに朝に飽きない。こたつの上、書きかけのまま寝てしまった詩に、夢の中で考えた言葉を書き留める。明日こそは明日こそは。そんな渇望を繰り返し、年月が生み出す色彩をパッチワークのように終わりなく縫い続けてきた。

本屋さんに行く度その膨大な書籍の数にぞっとする。もはや私は書かなくていいに違いない。それなのに、街も家族も寝静まった深夜二時、えんぴつを削って、真っ白なページを開いて、奇襲攻撃をかける武者のように、断崖絶壁を滑り降りる。勝っても負けても私は書くことをやめられないようだ。実際に書いている時間だけが「書く」ということではない。書くことは普段自分が何を見つめて生きているかということ、つまり日常の集合体なのだと思う。人生の大半を捧げた吹奏楽やバンドはチーム戦であり、一が五にも百にもなって返ってくる喜びがあった。今は、いっぴき。一は一である。自分の書いたことが全てでそれ以上でもそれ以下でもない。燃やさない限り、書いた文字は存在し続けるから、厄介で愛おしい。

この本は、作家になってから六年間の私の文章をまとめたエッセイ集だ。第一章は、チャットモンチー脱退直後から約一年半の間に執筆し、二〇一三年に毎日新聞社から出版した『思いつつ、嘆きつつ、走りつつ、』を再録したもの。日々の暮らしや学生時代の思い出、旅行記などがあの頃のテンションで書かれていて、今読み返すと幼さと粗さが残るが、勢いと情熱はとびっきりだ。第二章はこの六年の間に雑誌や新聞に寄稿してきた随筆の中からよりすぐってまとめた。書くことを仕事にしたからこそ開いた新しい扉だ。そして第三章は二〇一八年現在の私の暮らしや思うことを書き下ろした最も新しい文章である。

正に六年間の集大成のような作品集になった。「いっぴき」になってからの私の物語。最初からでも、最後からでも、あなたと馬が合うところから自由に読んでいただきたい。

目次

第二章 街の歌

第一章　思いつつ、嘆きつつ、走りつつ、

二〇一一年十一月～二〇一二年十二月

東京人と桜

春になると桜が咲く。夏になると蟬が鳴き、秋は空気が体に気持ちいい。どんなに人間が文明を発達させたって、冬は冬眠したいほど寒くなる。季節感がなくなっているとは言うものの、日本はやっぱり四季とともに生きている国だと思う。

東京に住むようになって、びっくりしたことは桜の多さだった。街中にさくら、さくら、さくら。こんなに気にしたことあっただろうか。綺麗だなあなんてまじまじと立ち止まって、触れてみることあっただろうか。都内で何度か引越しをしたけれど、どの街にも桜並木があった。夏は蟬の溜まり場だし、冬は寒そうな顔して佇むだけの木。それが、春のほんのひと時だけ、まるでピンク色のドレスを纏ったようになる。

上京したての頃、東横線沿いに住んでいた私は、電車から毎日見る目黒川沿いの桜並木に心奪われた。こんな都会の真ん中に、ずどーんと王様みたいな顔して並んでいるのか。東京ってもっと殺伐《さつばつ》としたところだと思っていた。四国では見ない風景だった。桜といえば、山桜とか、河原沿いとか校庭に立っているイメージだったから、ビルの間や幹線道路の脇に平然と並ぶ桜たちをかっこいいなあと思ったのだった。

世の中に　絶えて桜の　なかりせば　春の心は　のどけからまし

目黒川の前を電車で通過する度に、在原業平《ありわらのなりひら》のあの歌が浮かんだ。高校で習ったのに今さら共感する。本当にその通りだよ。ずっと緑のままだったら、桜が咲いた散ったで一喜一憂することないのに。と同時に、これだけ栄枯盛衰を繰り返してきた日本の歴史の中で、桜を愛《め》でる気持ちが何千年経とうと変わらないという事実にも胸打たれる。月や花や山々は昔から、お金持ちでも貧しくてもみんな平等に楽しめる娯楽だ。おにぎり一つ持って桜の木の下で食べるだけで、どんなランチよりも贅沢な時間だもの。ホームレスのおじさんなんて、春の間は毎日お花見だよ。あのツーショットは生命力の象徴だよなあ。

ちなみに、桜が川沿いに植えられたのは江戸時代。知っての通り、江戸の町は海や川を埋め立てて作られた。そこで川の氾濫を防ぐために幕府が考えた対策が桜の植樹だったというわけだ。今も昔も同じ、人は桜を見ながら歩く、桜の下でお花見する。すると、自然と土地が踏み固められて強くなり水害を防ぐという。粋な政策だよなあ、お江戸。

ある土曜日、東京に遊びに来ていた妹と桜を観に行った。都立大学前から目黒行きのバスに乗り、権之助坂で降りる。毎日電車から見るあの桜の正体を摑んでやろうという気持ちだ。バスを降りて、私は息を吞んだ。目黒川には、途切れることなくピンク色の絨毯が連なっていたのだ。川面に敷き詰められたその光景は、寒気がするほどの美しさだった。人の手では作れない芸術作品だった。シャッター音の響く中、私は写真も撮らずに呆然と川面を覆い尽くす花を見た。流れ着く先、海は真っピンクに染まり、やがてこの花びらは海の底に沈んでいくのだろうか。生まれて初めて見る光景。あの中に飛び込んで泳いでみたいというアホな友達もいるけど、確かに狂気じみた、この世のものとは思えない空気が漂っていた。

月曜日、東横線の車内から見える桜の木に殆ど花びらはなくなっていた。はー。名残惜しいなあ、なんて思っていたら……驚いたことに、もう誰も桜を見ていなかった。桜は桜で、惜しげもなく残りの数枚を風に吹かせては川に流していた。在原業平の心配は二十一世紀の東京では無用だった。桜は颯爽と散っていくのだった。なんといさぎのよいこと！　東京は散り際が似合う町だと思った。「散るならさっさと散ってしまえ」とでも言うように、ノスタルジーの欠片《かけら》もなく、車内の人々はもう夏支度に夢中。勝負の夏目掛けて雑誌に目を落とし、メールに勤しみ、新しい音楽を聴き。電車の中、私は一人、最後の桜を見た。すごいなあ、この町。なぜだか、ここに住んでいけそうな気がした。上京して三カ月、初めて自分の町だと思えたときだった。

緑になった桜の木は、ちっとも申し訳なさそうなんかじゃなく、今日も堂々と木をやっている。春の桜も、いつもの桜も、同じようにそこにいる。春のために今日を生きているわけでは決してない。毎日、ただただその限りを生きている。東京でスタートした目まぐるしい生活の中、どんな言葉よりも、そのことが私を励ました。桜を見る度に思い出す。いつだって私は私だ。

今年の春、井の頭公園でお花見をした。

お酒を呑んでどんちゃん騒ぎする人、場所取りのために大きなブルーシートの上ずっと本を読んでいる人。リラックスして寝ている人。桜が散ったって、どうってことない東京の町。桜の次には海がある。海の次にはハロウィン、そしてクリスマスがある。東京人、タフだな。そうだよ、こんなコンクリートジャングルの中で生きてるんだ。花を咲かせながら散らしながら。なーんだやっぱり桜と一緒なんだなあ。その瞬間瞬間を楽しむ達人。

「よし、もう桜は飽きた飽きた。居酒屋行こう」

私はブルーシートを畳んで、友人達と千鳥足で歩き出した。

書かなくなる日が来るとしたら

午前二時　我に返り
もっと美しい言葉がほしい
ニヤッと右頬上がるような
乾いた手に汗握るような
不細工でいいので
夢にあふれた宝石の口
でなきゃ私は
一生　燃えかけの炭

なぜ、詩を書くのか。書かなくても生きていけることはわかっているのだけれども、書かずには生きていかれない、そんな思いが付きまとっている。多分それは、十五年前から変わっていないのだと思う。

詩を書き始めたのは、中三の頃だった。新しく来た国語の先生が、授業の前に詩作をするということを取り入れたのがきっかけだった。毎回小さなわら半紙が配られ、今日のお題が黒板に発表される。そこから三分間で詩を完成させ、提出するというものだった。

読書感想文とか人権作文、日記などといった、既にストーリーのあるものと向き合い文章にすることは小学生以降散々やらされてきたことだ。そういった作文は割と得意で、よく校内外で表彰されていた私は、詩も朝飯前くらいに思っていた。ところがどっこい、なかなか思い通りにはいかなかった。シンプルがゆえピリオドを打ちにくい上に、三分という短さの中で言葉を選び完結させるのは、瞬発力と勇気のいることだった。そして何より、詩作は自分と対峙するということ、つまり、心をノックし素顔を自分自身で覗くという、照れくさく、残酷な時間でもあった。

ある日、先生が一人の生徒の詩を読んだ。前回提出した詩の中での優秀作品が授業前に発表されるのだ。お題は確か「船」だったと思う。海を人生に、自分自身を船にたとえ、色んな船とすれ違いながら、自分は航海を続けているというような作品だった。いつも優秀作品として読まれている私の詩より、格段に上だなと思った。衝撃と嫉妬で体の奥がゾワゾワした。一体誰のだろう。

読み終わったあと挙げられた名前を聞いて私は愕然としてしまった。嘘やろ……驚いたことに、作者は読書感想文はおろか、授業を放棄して教室を飛び出していくようなヤンキーだったからだ。茶髪の彼は、後ろの方の席で、椅子をギッコンバッタンやりながら、照れ臭そうに顔を赤くしている。この人、こんな格好でこんなロマンチックなこと考えてるん⁉ 発想が自由で、かしこまっていない等身大の自分の言葉。私からは絶対に出てこない比喩。悔しいけれど、嬉しくもあった。彼の心を少し覗けた気がしたからだ。意外とわかり合えるのかもしれないと思った。テストの点では測れない自由な世界。詩ってすごいなあ。先生のアイディアの素晴らしさ、そして文字が書けたら誰でも作れる「詩」というものの威力。これが、私と詩の出会いである。

それから私は、友達が誕生日にくれたピングーのノートに詩作を始めた。私の詩作ノート第一号である。優等生の仮面を被り続ける私の孤独は、先生が採点する授業の詩には決して書かれることはなかった。すべてこのピングーのノートに。本当はこんなにも薄っぺらい自分を詰《なじ》るように、励ますように、家族も親友も知らない秘密のノートは机の奥で輝き続けた。

吹奏楽と受験勉強一色、暗雲が垂れ込める高校時代に突入すると、そのスピードはさらに加速する。テスト勉強するふりをして黙々と書いていた。高校時代、クラスには特に仲が良いと呼べる友達がいなかった。音楽室に行けば、もちろん同志が待っている。でも、それはあくまで同志であり仲間だ。文系選抜という女子三十五人のクラスにはどうも馴染めなかった。私は一々冷めていた。みんな、何が可笑しくて笑っているのか、何が楽しくてはしゃいでいるのか、何でそんなに群れているのか、ちっともさっぱり、どうにもこうにも理解できず、運動会をずる休みしたり、仮病で保健室に行ってみたり、学校も休んでみたり、お弁当のとき以外は積極的にクラスメイトと交わることのない高校生活。まあだからこそ詩を書いていたのだろうけれど。詩に向かう負のエネルギーを生み出すにはもってこいの三年間だったと思う。

大学時代も変わらず、詩を書き続けた。

この間、大学時代のプリント類の整理をしていると、ゼミのレジュメの裏に書き殴られた詩が大量に発見された。ラスコーの壁画を発見したみたいな感じ。「サラバ青春」や「three sheep」「湯気」「ハナノユメ」「ウィークエンドのまぼろし」などなど、私の歌詞の大半の原型がこの時期に作られている。しかもプリントの裏に。どれも基本的に暗い。希望を持って生きていこう、というよりも、否が応でも生きていかねばならない、という使命とか人間の摂理とか、そういうどうしようもないものが根底にあったのだなあと思う。

大学三年も終わり。せっかく大学でまともになったと思ったのに。友達もできたのに。みんなと同じように教師を目指して励んできたつもりだったのに。ダメだった……。就活ガイダンスは一度行ったきり二度と出席しなかった。今まで学んできたことは何だったんだろうと疑うほどに、理想と現実はかけ離れていた。矛盾に満ちた社会を突きつけられ、困惑してしまった。大人になろうと眼の色を変えて頑張る友人たちを横目に、私は順応できずにいた。完全に置いてけぼりだった。

大学四年でチャットモンチーに正式加入。卒業し、旅立つみんなを見送った後、一年間フリーターをしながら徳島に残った。その一年間に徳島でできた歌詞も、「片道切符」「小さなキラキラ」「あいかわらず」「シャングリラ」「コスモタウン」など、これまたたくさんある。もちろん歌詞と詩は似て非なるもの。バンドの歌詞で、丸裸の言葉を何千何万という人に聞いてもらうというのは避けていた。少なくとも服を着せて、メロディーという羽と、歌、演奏という魂を入れてもらい、多くの人のもとへ届いてほしい、そんな決まりが自分の中でできていた。メジャーデビューしてからは特に意識するようになった。ファンに媚《こ》びているわけではないのだけれど、個性と自己満足は違うなあと。歌詞はプロとして。詩は丸裸の自分として。その温度感が自分には丁度良いバランスだった。

　この頃、私は次第に詩を作品として発表したいと思うようになっていた。私の中だけの言葉が「表現」へと変化した瞬間だった。そして上京する直前、大学時代からバイトしていたギャラリーカフェで初めての展示会をした。コラージュしたり、絵を描いた紙に詩を書き額に入れて飾るというシンプルなこの展示は、その後「ヒトノユメ展」や「家と砂漠展」へと発展していった。自分の詩が人の目に触れるという新しい期待。怖さもあったけど、満ちていくものの方が遥かに大きかった。心の影の湿気た部分に、風が吹いた。それも、味わったことのない追い風。私はここにいるんです、ここでこんなこと思っているんです。発表してみると、意外と気持ちよかった。そしてみんなも同じように思っていたり、興味を持ってくれるんだとわかった。私と詩は、階段を一歩、二歩と上り始める。

　大きく作風が変わったなと自分でも思うのは、やはり東日本大震災後だ。特に意識しているわけではないけれど、外に向かう作品が多くなった。単純に、人を想って書くということが、歌詞だけではなく詩の世界にも表れ始めたということだと思う。逆に、自分にググーと入り込むこともさらに多くなった。今まで発していた言葉が嘘っぽく思えたり、ただ息を吸って生きるという「生」ではない、新しい「生」を見出したいと思うようになっていた。明日死ぬとしたら何を書くだろう、どんな言葉を残すだろう。この言葉は果たして必要だろうか。悩んで全く書けなくなった時期もあるし、まだ現在も模索し続けている。

　幸福感で満たされたとき、私は詩を書かなくなるのだと思う。お腹いっぱいの人がご飯を食べないように。遊び疲れた人がソファで眠るように。それは書く必要がなくなったときだからだ。その日をときどき想像する。寂しいけれど、嫌じゃない。一生書き続けるんだと思っていたときよりも、自然で素直な気持ちのような気がする。私は誰かのためだけに言葉を選び、語り、受け止める。もしくは、言葉さえ必要なくなる日がくるのかもしれない。工場でもスーパーでも手に入らない、自分の心から出てくる石ころ。私の石ころが出なくなったとき、そのときは、穏やかに暮らしているときだろう。むしろ、そのくらい平和で希望に満ちた世界になることを願いたい。

そうだ、私の詩なんて、そんな無責任で水のように流動的なものなのだ。小説や歌詞とは違って、一人よがりで、わがままで、無垢《むく》で、消えてしまいそうな、等身大の私自身なのだ。だから、ときに誰かを思い書き綴ることもあるけれど、一方では、私の分身として諦めている節《ふし》もある。

震災後の私と言葉は、そんなふうにグラリグラリ揺れ動いているというのが正直なところだ。自由気ままに、その日その日のコースを泳いでいればいい。そう思うことにしている。

写真詩集『家と砂漠』で、「沈黙」「光」という、中三のとき授業で出されたのと同じお題の詩を載せた。二十九歳の私として、もう一度このタイトルと向き合ってみたかったのだ。あの頃考えもしなかった二つの詩が出来上がった。同じタイトルでも、書く人や年代により、出てくる言葉が違ってくるのが詩の一番の面白さだ。あの頃の詩はもう二度と書けない宝物である。けれど、今だからこそ書ける言葉もある。そして、今書いている言葉は、もう明日の私からは生まれてこないのだろう。だから愛おしい。だから今、書きたいと思う。私の歩む靴の裏に一歩ずつ違う判子をつけて、瞬間瞬間の証を押していく。

今、私にとって詩はそんなものだ。

音楽

蛇口から出ては皿にあたる水の音、マンションを急ぎ足で出ていくヒール、東京でも鳥はちゃんと想像通りの声で鳴いてくれ、ガタンゴトン、夕暮れの電車は気だるさと誰かの気配を教える。階下を行くバイクは型によっていろんな音があるし、小学生の笑い方、喋り方もその子によってトーンが違う。そこに足音も混ざれば、まるで行進曲のように愉快にリズムが刻まれていく。私は、ミュージカルのような日々の中で暮らしている。頭の中、左から右から、飛んできてはぶつかって協和して、通りすぎていく音の欠片たち。生活の中から生まれる音は、必ず映像つきで、何の飾り気もなく無邪気な顔で、ときに土足でやってくる。

ふと、赤いオーディオのスタートボタンを押す。外の音は一切が消え、部屋の空気が変わり、世界と私は切り離される。頭の中では一斉に細胞が音符になる。私は水を止め手を拭くと、赤い椅子に座り音楽に耳を傾け、ときに口ずさみ、ステップを踏んでみる。

三歳からピアノを習い始めた。自らやりたいと言い出したらしい。高校生まで唯一続いた習い事だ。それだけやればさぞかし上手くなっただろうとみんな思うだろうけれど、それがそうでもなくて、最終的にバイエルはソナタまでしか行かなかった。練習嫌いは生まれつきらしい。でも、あの音が好きだった。電気も使わず十本の指だけで奏《かな》でるという、繊細で大胆で切ない調べ。私は上達もしないのに辞めることなく通った。バイエルは好きじゃなかったので代わりに気に入った曲を演奏させてもらっていた。運動会でかかっていた曲とか、結婚式でいいなと思った曲とか。あと、先生が弾いたのをバーっと譜面に書き起こす聴力の練習も好きだった。

その先生がまた変わった人で、

「久美子ちゃん、ピアノよりこっちが向いてるわ、きっと」

と、高校生になった頃からギターを教えてもらい始めた。でも、ギターもなかなか上達せず、Fでつまずいて結局続かなかった。その頃からだ、U2やMEGADETH

や DOKKEN、METALLICA といった、ロックやメタルのCDを先生から薦められ、山ほど借りて帰っていたのは。もはやピアノ教室じゃない。ピアノ教室から帰ってきた娘の部屋からメタルが流れている。母はさぞかし不審に思っただろう。型にはまらない先生の音楽指南がとても好きだった。ピアノ以上に「音楽」というものの面白さを教えてもらった。

先生は最後に言った。

「久美子ちゃんギターも向いてないねー。大学入ったらドラムやったらええわ」

生まれて初めて感動するという感覚を知ったのは、小学生の頃、姉の吹奏楽部の定期演奏会を観たときだった。ハートを盗まれるというのはああいうことだと思う。ドッジボールとか交換日記がちんけなものに思えた。コンサートというもの自体初めてだったし、当時、ホールなんてものはそもそも私の町にはどこにもなく、「農業改善センター」という、なんとも田舎くさい名前の体育館での演奏会だった。

いろんな楽器を持った中学生たちがセーラー服姿で出てきて、みかん箱で作られたステージに並べられたパイプ椅子に座る。しばらくすると、蝶ネクタイにタキシード姿の男の先生がカツカツと足音を立てて出てきた。一体何が始まるんだろう。私の心はジェットコースターに乗る前のようだった。

息を吸って指揮者がタクトを一振りすると、ざわついていた会場を一瞬にして圧倒し、ステージから膨らんだ空気が押し寄せてきた。味わったことのない音圧に驚いて身動きがとれなかった。そこは、もはや菊の展示会や餅つきをしているあの体育館ではなかった。塊になって向かってくる音、音、音。メインの難しそうな曲の後、子どもでも知っているちびまる子ちゃんや、笑点のオープニングテーマ曲もおまけで演奏すると、会場の緊張感が一気にほぐれて、手拍子や歓声、歌声が飛び交った。

姉を見る目が変わった。この人、実は凄い人やん！　この瞬間、私の未来は決まったのだった。中学に入った私は、真っ先に吹奏楽部に入部した。姉もクラリネットだったので、何の迷いもなくクラリネットを選ぶ。

そんなわけで、中学三年間は寝ても覚めても吹奏楽だった。土曜も日曜もなく練習練習練習。

「吹奏楽部に入れば、すぐあんな風に吹けるわけじゃないんよ」

姉に言われていたので、わかっていたつもりだったけど、ステージでの華やかさと真逆の、気が遠くなるような地味すぎる練習の数々。肺活量を鍛えるための腹筋は一日二百回。床《ゆか》吹きという、前傾になった状態で腹から空気を吐き出すトレーニングも二百回。メトロノームに合わせて全員でのウォーミングアップから始める。その後は永遠にロングトーン。真夏でも外に出てフラフラになりながら。ロングトーンというのは、音を息継ぎなしで十秒くらいずつ伸ばして音階を一つ一つ上ったり下りたりする究極に地味な練習である。その後も、和音の練習や運指練習、タンギング（刻み）練習などが続き、楽譜を見ての練習なんて最後の一時間くらいだった。それでも、いや、それだからこそ合奏したときの楽しさはひとしおだった。旋律を奏でるファーストクラリネットの後ろを縫って入るホルンやユーホニウムの副旋律。お腹にブンブン響くテューバの低音。音を重ねたときの感動があるから、きつい練習も頑張れた。

夏のコンクールの前は、部員の喧嘩が絶えなかった。金賞を狙いたいグループと楽しくやりたいグループとが分かれてしまうという毎年恒例のやつだ。当たり前っちゃ当たり前だ。中学生なのだから遊びたいだろう。盆も正月も返上してまでのめり込めないのは、罪なことではない。そういうわけで、耐えられず辞めていく子も少なくなかった。

我がクラリネットの先輩は他のパートと比べてもすごく厳しかった。中でも、A先輩は全く手加減なしだった。でも、中学生と思えないくらい上手なので何も言い返せない。遅刻もしないし、お喋りもしないし、誰より頑張っていることも知っていた。私の目標はいつしかA先輩になっていた。先輩に追いつきたい一心で頑張った。「しょうがないよ」とか、「次までにね」とかいった甘えは一切通用しない、シビアな関係。時間は限られているのだ。「来年まで」では遅い。今年の大会で勝たなければ。だって、同じメンバーで演奏することは今を逃すと永遠にかなわないのだから。だから、足を引っ張るなら辞めてもらっても構わない、といった具合だった。泣くなら練習しなさい。泣いたって上手くならないでしょ、と。

泣かずに、毎日頑張ったけれど、その年、私たちは吹奏楽コンクールでの金賞を惜しくも逃した。部員全員で同じ壁を乗り越える厳しさを知った。悔しくて悔しくて、私達は泣いたけれど、先輩の目はもう次に向かっていた。こんなとこで止まっちゃいられないわという気持ちが、私にはわかった。

「高校で待ってるから」

そう言い残して先輩は卒業していった。

嬉しかった。そうして、私の次の進路が決まった。

中学生活最後のコンクール、私達は念願だった金賞を受賞する。あのときのステージの感覚は今でも忘れられない。千人以上の観客と審査員を前に、私は全く緊張しなかったのだ。それどころか、このステージで光を浴びながらずっとずっと合奏していたいと思うほど心地良く、スケートリンクの上でくるくると踊り続けているようだった。ソロもあったのだけれど、ミスしないようにという窮屈な鎖から、スルリと抜け出たのがわかった。お客さんに届けたいという思いが溢れた。会場が一体になって浮かぶような高揚感だった。去年までのコンクールで見た景色とは全く違っていた。これが表現するということなんだ。中三の夏、最後の最後に私は音楽の正体を掴めた。やっと報われた気がした。

高校でもこの快進撃を続けたい、気持ちは先に進んでいた。

A先輩を追っかけて、吹奏楽、さらにはマーチングバンドも名門だった、地元から離れた高校に電車で通った。この高校に入りクラリネットを続けることは、調理師学校を卒業してコックさんになるくらい自然な流れのように思っていたので、家族も反対しなかった。

それなのに悲劇は訪れる。高校一年の夏、二度目の肺炎になる。中学のときも一度肺炎になってしばらくクラリネットを休んでいたことがあった。クラリネットという楽器は、小さいけれど意外と肺活量がいるのだ。もともと弱かった肺に、ついにドクターストップがかかってしまった。もうクラリネットを吹けない。吹奏楽部を退部するか、肺を酷使しない打楽器に変わるか。あまりに酷な二つの選択肢。シンバルなんか叩きたくない。太鼓なんて叩きたくない。クラリネットを吹くためにこの高校を選んだのに、打楽器に転向なんてあんまりだ。

布団の中、何日も泣いて過ごした。もう先輩と同じ夢は見られないんだ。いきなり暗闇に突き落とされたような気分だった。初めての挫折だった。

これを機に勉強にシフトチェンジするという方法もあったろうに、あのとき私は音楽から離れることを選ばなかった。大学に入学したとき、友人に高校時代を「部活以外は死んでいたのと同じだった」と漏らしたらしい。今思うと、吹奏楽は唯一の自分の存在証明の場だったに違いない。

肺炎が治った頃、私は決意していた。太鼓でもシンバルでもやってやろうじゃないか。

自分の運命を自分の手で大きく動かしたとは全く知らない、高一の夏の出来事だった。

打楽器に変わって最初は、マリンバとかビブラフォン、グロッケンといった、いわゆる鍵盤楽器を担当した。リズムを刻んでいるだけが打楽器ではないことを知った。クラリネットやフルートといった主旋律を担当する楽器と一緒にメロディーを奏でることもよくある。クラリネットが七人いるのに対し、打楽器は一つにつき一人。いや、ときには一人何役も場所を移動しながら受け持つ。調和が命のクラリネットとは違って、孤独な職人である。しかも一発の音が目立つ。一回の失敗が楽団にとって命取りになるシビアなパートであることを知ると、むくむく面白さがわかってきた。ことに、打楽器の王様と言われているティンパニが大好きで、二年生頃からは主にティンパニやスネア（小太鼓）を担当することが増えた。太鼓であるのに音階があり、足を使って音程を変えるティンパニ。少しのチューニングミスが全体のまとまりを一気に崩してしまう。四台のティンパニを放課後の教室に運んで細かい音合わせを綿密に詰める。外の音が入ると正確に調整できないので、真夏でも部屋を閉めきって、汗だくになりながら、一日かけてヘッド（皮）の調子を整えた。こうして、チューニングの耳が鍛えられた。

楽器の組み立てだけは苦手だった。機械音痴の私にとって、打楽器の組み立てや運搬は、まるで車屋さんの仕事みたいで、何回やってもそれだけは全く興味が持てなかった。クラリネットだったら、手で持ち運べるくらいコンパクトになるのに、全部ありえないくらいでかい打楽器。ドラムをやり始めてからも思っていたけれど、ドラゴンボールに出てくるホイポイカプセルみたいに一瞬で小さくなればどんなにいいことか。

吹奏楽だけでも大変なのに、マーチングコンクールにも出場していた我が吹奏楽部は、中学時代の比にならないほどハードだった。

朝五時、外はまだ真っ暗。母に布団を引きはがされる。結局二度寝してしまい、五時半、次は祖父がやって来て、怒鳴る。戦時中、軍隊に入っていたときの厳しさを背中にくどくど聞きながら鞄に教科書を突っ込み、寝ぐせだらけの頭で朝と昼のお弁当を持つと、伊予土居駅まで母に送ってもらい、始発電車に飛び乗る。朝練が一日の始まりだ。ぼんやりした頭で川之江駅に着くと、自転車に飛び乗り猛スピードで高校を目指す。なぜって、地元の子達は、さらに早く集合しているからだ。それより早い始発がないということで免除されている分、肩身も狭い。急いで運動着に着替え運動場に行く。石灰とメジャーを持って、グラウンドにポジションをマークする。マーチングというのは、演奏しながら歩き、形態を何度も変え、その美しさを競うもの。だから、吹奏楽で必要な技術や表現力は元より、形を変えるときの正確さや周りとの調和が重要なのだ。例えば、トランペットはこの二メートルを何歩で歩くとか、フルートはその間、前列で足踏みだけ、とか。そういうのを書いたコンテを覚えるのがまた一苦労。正直、運動部よりきついかもしれないなあ。しかし、朝五時に私を起こしていた母は一体何時に起きてお弁当を作っていたんだろう。今になって思う。

進学クラスに入っていた私は、朝練の後、おにぎりを食べながら朝補習に向かう。専ら寝ていたけれど。仕方ない。三年間なんという生活をしていたんだろう。タフとかいう次元じゃない。あの日々を思い出すと何だって頑張れそうだ。七時限の授業の後、一時間の放課後補習を終えて、音楽室へ。放課後はグラウンドが運動部に占領されるので、自転車に乗って学校から大分離れた市民グラウンドや公園に行って練習だ。楽器も持たず行進と移動の練習ばかり。今日はマーチング練習、今日は吹奏楽、今日はマーチング練習の後、吹奏楽コンクールの合奏。夏休みは合宿もあった。朝から晩までクタクタになるまで練習。母達が作ってくれたカレーを食べて、また練習、練習。夜は爆睡あるのみ。

中学以上に、意見の食い違いによる喧嘩は日常茶飯事だった。人一倍熱かった私は、吹奏楽部の卒業文集の「よく喧嘩していた人」という項目で堂々の一位を獲得していた。今の私からは想像できないほどよく喧嘩していたし、後輩もよく泣かせていたな。A先輩のこと言えない。勝ちたかったし、もっと上へ行きたかった。その一心だった。

そして練習後、くったくたになった体にムチを打ち、塾へ。チンプンカンプンの数学。先生は八十四歳のおじいさんだった。歩いたらきしむ、雨漏りする教室。「久美子ちゃん、もう数学は諦めたら？」これが塾の先生の言うことか！「先生、センター試験で数学も受けないかんのですよ」「ほほーそれは困ったねー」毎回こんなやりとり。八十四歳なのに先生の頭はきれきれで、ぼんやりしているくせに、解答は完璧だった。先生が亡くなったとき、脳みそだけ移植していただけないかと本気で思った。

やっと帰宅。十一時を過ぎている。山のような宿題をしながら、制服のまま居眠り。こたつの中、目覚ましついでにつけたテレビ、あの時間帯、いつも「アリー my Love」やってたなあ。見ながらこたつで寝ちゃうんだよなあ。そしてまたダ・カーポ（初めに戻る）。

朝五時、母に叩き起こされる。「またこたつで寝て！　電車遅れるよ！　お風呂入ってきなさい！」

今日と明日の境目などなかった。

文武両道できている人は、絶対どっかでうまくさぼっているに違いないと思っていた。まだ日の昇らない真っ暗な無人駅。同じ駅で始発を待ついつもの顔。同じ中学から同じ夢を追って、一緒に吹奏楽部に入った女子達。それから、学ランに真っ黒い革靴、それと同じくらいよく焼けた顔の野球部。我が高校は、甲子園に何回も出場するほど野球部も名門だったため、練習時間の長さは野球部も同じか、私達以上だった。電車の中にいるのは、同じ場所に向かう吹奏楽部と野球部のみ。全員死んだように眠っている。

努力が必ずしも結果に結びつかないことを、三年間を通して嫌というほど知った。コンクールでは一度も金賞をとれなかった。マーチングも予選敗退。同じように、毎日グラウンドで走り続けても三年間ベンチにさえ入れない、それでも清らかな野球部の目。

ただ一つ、高校二年の冬にアンサンブルコンテストに後輩達と出場し、打楽器四重奏で見事に金賞を受賞した。打楽器が受賞することは珍しいと言われている。可愛くてバカで打楽器が大好きな後輩達は私の家族みたいだった。高校時代、誰よりも一緒に過ごしたのは彼女達だろう。メトロノームをつけて、来る日も来る日も練習台を叩き続けた。彼女たちと一緒にとれた賞は、何よりも大きな青春の花だった。そして、永遠のライバルであり、同志であり、同じ切なさも悔しさも共有した同級生達。高校生活の中で、唯一私が手に入れた財産のように思う。

たまに実家に帰ったとき、あのローカル線に乗ってみる。この座席にぶっ倒れてみんな寝てたな。数学の参考書広げたままで。懐かしい。何であんなにエネルギーあったんやろ。高校生活の全部を懸けて。憧れていた野球部、好きだったなあ、あの人のこと、とか。思い出は想像以上に美しい。本当は、将来への不安と目の前にある目標とでぐちゃぐちゃだったに違いないのに。電車の中、くたくたの高校生を見ると惚れ惚れする。余すことなく戦っているその姿。今だけだということを誰も知らない。二度とこの電車のこの時間が戻って来ないことを知らずに、今日も揺られているんだ。頑張れ。いつかの自分に送るように。

大学は、何の迷いもなく軽音部とオーケストラ部を掛け持ちした。管弦楽という、よりクラッシックな音楽への憧れ。それとは逆の、よりミニマムで悪そうな軽音楽。打楽器を全部合わせたようなドラムセットへの憧れ。

同じ「音楽」と思えないくらい、オーケストラ部と軽音部は、人も、活動内容も真逆だった。オーケストラは、眠ってしまうくらいティンパニやシンバルの出番が少なかった。練習してもしても、出番は殆どない。逆に、軽音楽は吹奏楽以上にドラムが目立った。一人に掛かってくる責任も大きい。さらに、私にとって大きかったのは指揮者がいないということ、そして楽譜を見て演奏しないということだった。いつまでも譜面台の楽譜を見ながら吹奏楽部方式で演奏している私に、先輩が言った。

「高橋、それださいぞ」

へこんだ。それから必死で耳コピした。大切なのは、完璧に譜面通り叩くのではなくて、いかにそのバンドの空気感を出すか、みんなを乗せるか。ドラムがバンドの指揮者なのだと知った。気軽な気持ちで始めたバンドは、やればやるほど奥が深かった。そのうちオリジナルバンドも始め、アレンジ一つでガラリと曲の印象が変わることを知る。今まで楽譜と指揮者ありきだった音楽から、いきなり羽を授かったのだ。テンポも、アレンジも音色も自分で決めていいなんて、吹奏楽時代では考えられない。面白くて仕方なかった。飛べば飛ぶほど、ロックの世界は自由で奥が深く、それはやみつきになる快感だった。ドラム不足の部内で、私は四年間重宝され続ける。ドラム人口は本当に少なかった。「先輩、企画ものなんですけどいいですか？」頼みやすいからか、暇そうだったからか、次から次へと掛け持ちするはめに。文化祭、フロントマンは替わるのに私だけ座りっぱなしというおかしな状態。軽音の野外ステージが終わると、ホールに急いで移動し、黒いシャツ、黒いズボンに着替えてカルメンを演奏する。

大学二年生になり、めっきり軽音の部室に入り浸るようになっていた。いつの間にかオーケストラ部は退部していた。でも、オーケストラ部も打楽器人口が少なかったらしく、退部した後も、結局四年間エキストラとして、ステージに立ち続けることになった。

軽音の部室に行くと必ず誰かいて、ギターを弾いて歌っている。夜中のセッション。よく練習室に先輩のドラム捌《さば》きを見に行ったたな。週末は地元のライブハウスに通ってアマチュアバンドのライブを観て、そのあとジャズやボサノバを教えてもらったりした。音楽のあるところに行けば退屈しなかった。年齢も性別も国籍さえも関係ない。音楽という共通言語で会話する。麻雀も教えてもらったけど。

それから、二十九歳までプロとしてドラムを叩き続けたわけで、音楽漬けの二十六年間だった。明けても暮れても。

それ以外は長続きしてないのに、これだけは天が与えた使命みたいに。

振り返ってみると楽しかった。一言で言うことなどできないはずなのに、今出てくる言葉は「楽しかった」という言葉だけだ。私から、この音楽漬けの日々を取ってしまうと、生きているか死んでいるかわからないくらいに、しょうもない日々だっただろうと思う。

バンドを脱退してしばらくは、音楽が聴けなかった。友達のライブにも行けなかった。自分から振った恋をずるずる引きずっているみたいに思えて嫌だった。カフェに行っても、かかっている曲が気になって、特にドラムフレーズが気になって、耳栓をした。無音の場所を探した。

何カ月かして恐る恐る友達のライブを観に、渋谷のクアトロへ行ってみた。照明が一斉に点いて、4カウントの後、音が一直線に重なる。空気が一気に速度を上げてこちらに向かってくる。それは、初めて姉の定期演奏会を町の体育館で見たときと同じ胸のザワザワだった。

メンバー全員の力がステージから観客を押してくる。髪の毛が逆立ちそうに毛穴がワーって膨らむのがわかった。胸の奥が重くなって、涙が出そうで目をぱちぱちさせた。照明は曲調によって色を変え、スピーカーの音はだんだん整って、他の誰にも作れない奇跡がそこに存在していた。ステージは眩しかった。

音楽は、何にも代えがたい希望だと思った。

これほど素直に体に音が、言葉が染み込むものなのか。こんな気持ちは久しぶりだった。

ステージを降りて、私は当時の自分を少しだけ見ることができた気がする。夢を見ていた、見せていた場所。あんな風に、ステージに座っていた。あんな風に光を浴びていた。拍手をもらっていた。きっとあんな風に、ドラムを叩いていた。

消えることのない感動と感謝。この手と、この胸がずっと憶えている。永遠の8ビート。

降りたからこそ見えるもの、もう見えないもの。だからこそ今を選んでここにいる。今日も誰かの作った音楽に心奪われ、どっかで聞いたことある鼻歌を口ずさむのだ。そして恋し続ける少年のように、ライブ会場に足を運び、誰かのステージに感動し、私の力に変えていく。

またいつか何らかの形で音楽を奏でているのかもしれない。二十六年の音楽生活を振り返りながらそんな気もした。

私にとって音楽は、吹奏楽、クラッシック、ピアノ、ロックバンド、民謡、台所の鼻歌、お母さんの子守唄。

離れることのできない初恋のようなもの。

あれから半年

十時頃のそのそ起きて、とっくに昇ったお日様に会うために、黄色いカーテンを開ける。

冬も頑張ってなるべく窓を開け、寒い空気を少しだけ体に入れる。私の体よ、冬も気持ちいいでしょう？　と。すぐ耐えられなくなって窓を閉めて、もう一回布団にもぐり込む。布団というのは冬の一番の魔物かもしれない。一生連れ添いますと宣言したいほどのやさしさにつられて、ほら、また瞼《まぶた》が、あー、二度寝しそう。本当に、本当に、本当に冬は苦手。毎日が、春を待つための今日みたいな感じだ。

大学時代から愛用のこたつのスイッチを入れて、その日に着る服をしばらく温めるというアナログな方法は昔から変わらない。冬のジーパンとかありえないから、ジーパンを穿くときはじっくり温める。

その間に食パンを焼いて、手作りのマーマレードにイチゴジャム、ピーナツバター、実家の近所のおじさんお手製の蜂蜜、ビターキャラメルなどなど、いっぱいの塗物から今日の気分でチョイス。食パンはフライパンで焼くとモッチモチになる。お姉ちゃんに教えてもらった技だ。

コーヒーを入れる。でも最近は、阿波晩茶《あわばんちゃ》にはまっているから、パンと阿波晩茶というセットも多いな。数年前、徳島の友人にもらってからというもの、本当にはまっている。高級、とか、ものすごく美味しい！　っていうわけじゃなく、朝一の胃袋や疲れた夜をじんわりと癒してくれる。葉っぱだね。まんま葉っぱを飲んでいる感じ。大げさだけど、大地を体に入れている感じがして好きだ。阿波晩茶は、一度発酵させるという、番茶の中でも珍しい製法なのだそうだ。そのため、やわらかい新芽でなく、発酵に耐えられる、遅めの硬い葉を摘むのだ。なるほど、だから「晩茶」に転じたのか。生活と言葉はいつも背中合わせだから面白い。

幼い頃、おばあちゃんが庭の木の葉っぱで番茶を作っていたのを思い出す。手で何度も揉んで籠に入れて、日光に干して乾燥させる。雨が降ったら急いで取り込み、晴れ間が見えたら再び軒先へ。風と太陽と人の手によって、丹念に、でも適当な加減に作られた家用のお茶。甘茶ってわかるだろうか。お茶なのに後味が甘い摩訶不思議なやつだ。番茶の一種で、私の地元ではお寺に行くとよく接待で出してくれた。おばあちゃんの味は、あの渋さの後に残る仄《ほの》かな甘さ。あのときは、甘さと渋さが混ざって気味悪いだけだったのに、大人になるとこういう味が染みるから不思議だ。

それから、朝食をテーブルに運んで、録画していた朝ドラ「カーネーション」を観る。泣きながら、パンと阿波晩茶。昔から朝ドラ好きの私だが、これは久々にはまった。バンドを抜けるタイミングで始まったっていうのもあるけど、半年間支えられた。一番の心の糧だった。失敗しても失敗しても夢に向かって果敢に挑む主人公の糸子。彼女を励まし、叱り、無二の愛を注ぎ続ける家族や友人。まるで、抜け殻になった私の心に火をつけるように朝からメラメラさせ、ときに見守り続けてくれている人達のことを思い出し、傷だらけになっていた心が修復されていく感覚を覚えた。ドラマに支えられるって自分史上初だった。毎日、今日も頑張ろうと思わせてくれた。糸ちゃんはよく「あー、しょーもな」って言う。そしてダメなときには一日寝るし、今だと思ったら後先顧みず発車する。くさくさしたとき、私も「あー、しょーもな」って言ってみる。いろんなことがどうでもよくなる。もやもやと立ち込めていた雲を一気に吹き飛ばしてくれる言葉だ。糸ちゃん、半年間ありがとう！

こたつから服を取り出して着替えて、しばらくソファでお茶を飲みながら本を読む。なんでこんな都心に住んでいるのかわからなくなる。すごいスピードで動いている日本の中心地で、私は家から出ずに本を読んだりソファに寝転がったりしているんだ。バチが当たりそうだ。田舎でやれよ、と思うときもある。ここにいる意味ないもの。物書きになったんやから書けよ！　ということなんだけどね、早い話が。そう怒らない怒らない。

ひたすら机に向かったから書けるというわけじゃないみたいだ。書けるときは徹夜で書く。書けないときは書かない。悩んだ末、そうすることにした。締め切り迫って飲みに行くということは、さすがにしなくなったけれど。

気分がいい日は掃除をしたり、洗濯をしたり。今までより家事もちゃんとするようになった。おばあちゃんが送ってくれる金柑《きんかん》を甘く煮たり、八朔《はっさく》の皮でマーマレード作ったり、買いすぎたイチゴを煮詰めたり。人参や大根の葉っぱで保存が利くふりかけを作ってみたり。やってみるとけっこう楽しい。人間の手ってすごいなと思う。やる気さえあれば何だってできる。ドラムだって、小説だって、料理だって。上手かどうかは別としてね。そろそろ冬に漬けたかりん酒が飲みゴロだな。しめしめ。

昼、自転車に乗って近所をうろうろしたり、カフェに行って本を読んだり人間観察したり、友達に会って長話したり。まあ確実に社会の役には立ってないのだろうと思う。

何にもしていないのに風邪はひくし（しかもしょっちゅう）、ちゃーんとお腹は空くし、ああ前髪がうっとうしい、なんてことにもなる。洗面所に行って、料理ばさみで前髪を切る。恐ろしい光景だ。眉毛より上。一直線にいってしまった。すっきりして、また本を読み、少しだけ文章を書いて、また消して、また少しだけ書き残す。文字は残るから緊張する。喋る言葉は一秒後には形をなくすのに、文字は軽く百年は残ってしまうのだから。下手に日記など書けたもんじゃない。大したことない言葉だって、五年もすれば本物面して宝物のようになって捨てられなくなるのだから。やっぱり、書くことは私にとって勇気のいることである。

夕方、部屋の窓から夕日を見る。サバンナにいるみたい。もしくは、ハワイのビーチにいるみたい。私はたった一つの地球のたった一つのこの部屋から、たった一つの太陽を見ている。どこにいても心次第で宇宙を、地球を感じられる。坂の上にある部屋からは街が一望でき、この時間になると部屋はただの箱ではなくなる。ビルの向こうに消えゆく卵の黄身みたいな丸。ガタンゴトン、みんなの時を運ぶ電車の音。太陽も空も、似合わない街なんてない。どの街にも毎日、毎日、毎日、毎日、日は昇り、そして沈んでいく。ときに勇気を与えながら、ときに悲しみを共有しながら。東京の夕日は赤い赤いギラギラしたのが特に似合う。頑張り過ぎた人に寄り添うように、ゆっくりと一日を終わらせてくれる。忙しかった頃には全然気づかなかったのに。お前はそんなやさしい顔で私を照らしてくれていたのかい。
沈み終わるまで、ボーっと見て、胸の奥の方がジワーっとおでんの大根を食べたときみたいになって、何もしなかった一日を反省することもなく、恥じることなく夕飯を作る。

この半年間、社会から置いて行かれたみたいだと思ったりもした。自分で選んだというのに、今までと一八〇度違う毎日に困惑したりもした。二十四時間を使いこなせていない定年退職後のおじさんみたいだった。一体何をやればいいのか、何をしたかったのか、何をすべきなのか。書けない。あんなに書きたかったはずなのに書きたいと思えない。暇だとその全てを悩む時間に費やしてしまうこともわかった。一日が長い。誰も教えてくれない私の進むべき道。

友人の一人が言った。

「それでもいいじゃない。元気でいるんだから、それだけで十分じゃない」

なんという適当なご意見。

弱っているとき、人は何てことない言葉に救われたりするものらしい。私はこれでいい……恐る恐る頭の中で呟いてみる。いいの……か？

良くないと言われたって、仕方ない。今はこれでいいのだ。川の流れに逆らう鮭のように、井の頭公園にぼんやり浮かぶ白鳥のボートみたいに、冬なのに夏服の少年みたいに。ただただ、元気にやっているのだから。何だっていいじゃない。頑張れないときの呪文のように。

これでいいの！　だ！

ま、こんな風に、私の十月からの大半は、みんなが思っている以上にありえへん生活。忙しかった後に、風邪引いて熱がバーって出るみたいなものだろうな。何もできないんだから、できなくていいときなんだと……思うことにしているのだ。

やるときはやるのだ。やらないときだって私なのだ。

いつも頑張れると思ったって大間違いなのだ。

家と砂漠と出発

バンドを抜けるということを発表したとき、心配した知人達に尋ねられた。

「あんた、これからどうするの?」

正直に答えた。

「いや、特に何も考えてない」

その度に、

「まあ、そうだね。クミコンだもんね……」

と誰もがため息を漏らした。

なかなか計画通りいかないのが人生なんだろうと私は思っている。天気予報をチェックして傘を持ち歩くことはまずないし、急に旅に出たくなってリュック一つでふらふら出かけていくような女だ。宿も決めずに。ただ「自分探し」というのはイマイチよくわからないし興味もない。自分というもののポンコツ度合いはよく知っているし、探しているときには意外と出てこないことも知っている。走って走って、自分を忘れるくらい無我夢中に何かに向かったとき、いつの間にか見つかったりするものだ。暇に立ち向かうのでさえ、私は立派だと思ってしまう。

何がしたいだろうと考えたとき、まず本を作りたかった。しかも出版社を通さずに自分で作ろうと決めた。もう一度、物を作り誰かに届けるということの原点に戻りたいと思ったからだ。そしてそれは、私の再出発の第一弾であるべきだと思った。情熱的だけれど、静かな、何度も開きたくなるようなもの。叫ばなくても心の奥底に染み込ませていけるようなもの。考えに考えて、写真家の干田《ほしだ》正浩氏に共同制作を依頼することにした。彼は建築と写真の両方を職業にする珍しい人で、二〇一〇年から始めた詩と絵の展覧会「ヒトノユメ展」の設計と撮影に携わってくれていた。建築家らしい淡々とした静かな写真の雰囲気が、私の今出したい詩の雰囲気にバッチリだと思った。写真詩集を出そう。しかも、出版記念に展覧会もやろう。話はどんどん進んでいく。

決めたはいいが、意外と、具体的にどうやればいいかわからない。そこで詩画集

『太陽は宇宙を飛び出した』の装丁を担当してくれたデザイナーの宇都宮三鈴さんに相談することに。まず、今回も装丁をお願いした。それから印刷所を紹介してもらった。望月印刷という老舗の丁寧な仕事をしてくださる印刷所。頑張る若いアーティストを応援したいという情熱のある社長さんだった。一緒に同じ方を見てくれる姿勢を感じ、ありがたかった。ここからは形にしていくだけだ。スケジュールや予算も自分たちの交渉次第。といっても気持ちよく仕事したい。双方の気持ちが沈まないポイントが大事だと思った。今後も続けたい関係ならなおさら。お願いしたり妥協もしたり、良い方向へ話は進み、ひとまずホッ。

大体話がまとまってきたある日、電話がかかってきた。宇都宮さんからだ。

「くみちゃん、あれやろう。やっぱりやった方が絶対いいと思う」

中の数ページを色紙にしたいと言っていたけれど、予算の関係などから諦めていたのだった。

「私が印刷所に掛けあってみるよ」

著者が諦めていたことを、もう一度復活させようという。嬉しかった。そして、妥協していた自分が恥ずかしかった。

見事交渉は成立。みんなが一緒に良い物を作ろうとギリギリまで粘ってくれた結果、自分の想像を超えた本に出会うことができた。各分野の人が本気で作品と向き合うと、これほど完成度の高いものができるのか。この一冊とちゃんとにらめっこしたことで、これから自分が向かうべき方向や指針が見えた。

二〇一一年のクリスマス、プリントした紙が散らばる私の家で深夜まで三人、あーだこーだ、やり直しだーとデザインを詰めたこと。お腹が空きすぎてカレー屋さんに行ってタンドリーチキンを食べたこと。百年後も残る本になるだろうという確かな手応えを感じた夜だった。

タイトルは『家と砂漠』にした。

家はときに砂漠のように孤独で、ときにシェルターのように私を守ってくれ、ときにただの箱になる。作家に転向してから日に日に重くなっていく家と私の関係性。自分の物ばかりが並ぶ部屋の中で、自分から逃れられない閉塞感、同時に安堵感。家から出たくて仕方なくて、でも家に帰りたくて仕方なくて。家で仕事することが増えたからこその新しい感覚が生んだ言葉だった。一月二十日に発売を開始することにした。HPでのみ購入できる千冊限定、直筆シリアルナンバー入りの本。厚紙を折り返しただけのシンプルな表紙には、これから始まる二〇一二年の清らかな願いと、どうやっても断ちきれない私の中の混沌が滲み出ていた。

写真と言葉を合わせて載せることは、読む人のイメージを縮めてしまうのではないか。また、写真が言葉の意味づけになるのは何か違う感じがしたので、敢えて連続で写真だけ載せて、その後詩だけを載せて、たまに合作という風に自由度を持たせた。念願の色紙ページはパッキリした黄色にし、そこに載せる詩は全て横書きにして軽やかさも持たせた。後半には短編小説も入れた。やりたい放題なのに凜としている。厚かましくなく、息苦しくなく、でも決して薄くはない。なんて良い湯加減だろう。

二人にお尻を叩かれながら、お正月も実家で短編小説を書いた。家族からは「せっかく帰ってきてるのにつまんない子ねー」という文句。そして、歩き始めた甥っ子の熱烈な遊ぼうコール！　遊びたいけど、ちょっと邪魔ー！　これが私の作品第一弾なんだぞー遊んでる暇はありません。嫌なおばちゃんである。でも仕方ない。もう一つ、文芸誌の連作短編小説の締め切りが迫っていたのだ。

正月だというのにパジャマのまま部屋から出てこない娘に、途中から家族は「うわー作家ぶってるよなー」と嫌味。居間で楽しそうな笑い声。甥っ子が私の邪魔をしないように捕まえていてくれた。知っている。これが高橋家流の応援なのだ。

そうして出来上がりを愛でる暇もないまま、入稿、私達は展覧会「家と砂漠展」の準備にとりかかった。新宿の世界堂に行って、額やらパネルやら絵の具やらハケやらウイヤーやら大量に買い込む。

家に帰りベランダに木のパネルを運んで色を塗る。絵の具をちょっと混ぜると一瞬で色は変わる。もっと慎重になるべきなのだろうけれど、木目の上に色をつけるというのはスカッとする作業だ。普段頭と右手しか動かしてないから余計そうなのだろう。頭の中にこもっていた重たいものが一斉に放出される。画家になった気分でバシバシ塗り倒していった。文字だけ書いているより遥かに面白かった。パネルを乾かしている間にカッティングマシーンで詩をカットする。その文字シールをピンクや黄緑に塗られたパネルの上に貼っていく。一文字一文字、慎重に剝がしながら文章を作っていく。ひらがなはまだしも、細かい漢字を剝がしていく作業は、「ギャー」って発狂しそうになった。肩凝る。漢字って何て画数の多いこと。この仕事、絶対に向いてない。何度やり直したことか。

その他にも、書道家である妹に頼んで毛筆で書いてもらった詩を額に入れた。躍動感ある書が入ることで、より生き生きと臨場感が出てくる。自分の手で書いた作品ばかりだと文章以上の感情が滲み出てしまいそうで嫌だったので、敢えて数枚妹に書いてもらったのだ。写真とのコラボということで、文字もできるだけ整然とさせたかった。そして、照れ隠しなしの静けさの中で言葉と対峙してもらうというところにチャレンジしたかった。なので、敢えてパソコンの文字を多くしたり自分以外の人に書いてもらうことにしたのだ。見えてきた。写真との関係性、見えてきたぞ。

そんな頃、家に刷り上がったばかりの『家と砂漠』が五百冊届く。何とかなるだろうと思っていたけれどすごい量だった。リビングが倉庫みたいになった。嬉しくて出来上がったばかりの本を一番乗りに読む。良い。想像以上に良い出来だ。開いたときの表紙の厚紙の感じ、写真ページの色の具合も、黄色の斬新さも、全体のデザインも。嬉しすぎて、シリアルナンバーを入れながら何度も読んだ。

一人で展示作品を作りながら、いつの間にか朝になっているという状況がしばらく続いた。

朝方、作業をしていると携帯が鳴った。こんな時間に姉からだ。どうしたんだろう。電話に出ると、姉が泣いている。悪いことがあったのはすぐわかった。母方の祖父が亡くなったという電話だった。いっぱいの本と作りかけの作品に囲まれて、何が何だかわからないぐちゃぐちゃの部屋の中で私も泣いた。自分のことだけで一杯になっている自分が情けなくなる。家族の元へ行かなければ。次の日、飛行機で愛媛に帰った。

「家と砂漠展」のプレオープンまで残り二日。

お通夜の後、家族や親戚は座敷《ざしき》に布団を敷き詰めて線香の匂いいっぱいの中、祖父とともに寝ている。私はそっと居間に移動して歌詞を書いていた。翌日締め切りの歌詞のコンペ。マネージャーさんから話をもらっていて「やってみます」と返事していたものだった。時計の針の音だけが響く部屋。何時間経っただろう、ガラガラと隣の部屋のすりガラスの開く音がして、ゆっくりゆっくりと足音がこちらに向かう。ガチャッと居間のドアが開いた。祖母だった。

こたつに入ると、歌詞を書く私の隣で古いアルバムをめくっている。

「おじいちゃんハンサムだったんよー」

「うん。ほんとハンサムー！　背も高いし、男前やなあ」

「これはお母さんの小さい頃」

「うん」

「これはな、幼稚園の入学式かな」

「う、うん。おばあちゃん、四時じゃけん、もう寝てきたら？」

「うん。でもなんか寝られんのよ」

そりゃあそうだ。六十年以上連れ添った人が死んだんだ。到底私に想像できる悲しみではないだろう。

一緒に写真を見てあげたい。ああだね、こうだねと話したい。でも、でも……悲しむ余裕がない。最悪な状況だった。どちらが大切か、天秤に掛けられるようなことだったろうか。初めての感情に困惑し、これが大人の階段の一つなのだと受け止めた。情けない日だった。結局コンペは落ちた。

次の日、葬儀を終え、最終の新幹線で東京に戻った。気が張って全然眠れない。

翌日は展覧会場に作品の搬入、そして一日で完成形まで持っていかなくてはならない。夕方からは関係者を招いてのプレオープン。出来上がってなかったら、せっかく駆けつけてくれる関係者のみんなに悪いな。段取りと現場での判断力が全てだ。さすがに二人では無理ということで、ここにきてようやく助っ人をお願いする。友人の妹の美大生とその同級生、私の大学時代の美術科の後輩、干田氏の建築家の後輩が手伝いに来てくれることになった。

翌日、タクシーに山盛りの作品と設置用の道具を積んで、会場に到着。かわいらしい女子大生達と私の後輩がもう仲良しになって話している。私はちっとも余裕がなく、ピリピリとみんなに指示を出した。しばらくして千田氏の後輩も到着。やることが山のようだ。額にワイヤーを通して壁に吊るしていく。水平器を使ってもなかなか水平を保つのは難しい。窓ガラスにカットした文字シールを丁寧に貼っていく。そうこうしているうちにお昼、お腹が鳴り始め、休憩したいというみんなの空気。

「ダメ、ほんまに今日は休憩なしやから」

と私は鬼の一声。一回気を抜いたら終わりや。コンビニ行くのも禁止！　後輩達は文句も言わず頷いた。お昼ごはんは、母がギャラリーに送ってくれた餅を焼いて食べた。マスターが入れてくれた白湯が体の奥に染みこんでいく。しかし正月っぽいな。なんかほっこりして力が湧いてきて、引き続き黙々と進めた。

こうして、一日のうちに展覧会場はみるみる完成していった。集まってくれた助っ人さん達が美術や建築に精通しているだけあって、速くて綺麗で、何より安心して任せられた。プレオープンに何とか間に合った。体中から力が抜けた。新しい私の一歩をちゃんと見せることができた。ホッとして、気も抜けて、沢山の友達に囲まれて幸せだった。

人の手のありがたさ。彼女達がいなかったらと考えるとゾッとする。と同時に、発想が十あっても体も心も一つしかないことを知った。頑張りと充実がいつもイコールでないことも。フリーになってからの洗礼は、自分自身の意地が作ったものだった。今は笑えるけどね。

展覧会は会場の「cafe＋gallery 芝生」の雰囲気と合って、とても良いものになった。見せる側も訪れた側にも、ゆとりと帰りの余力が残っている状態。「ちょっとお茶でも」とカウンターに腰をかけたくなるような。静かに燃えるストーブと、冬の体に染み入るコーヒーの温かさ。少しだけ心も温かくなって、明日の力になったり、溜まった涙を出すきっかけになってくれればなと思う。なんでもなかったはずの一日にちょっとだけ色がつけばなお良い。赤や空色や、その人がその日必要だった色を。それを持って家に帰ってもらえたらな。

詰めかけてくれた沢山のお客さん、友人。私は嬉しくて、頻繁に会場に顔を出した。お客さんが作品と出会うように、その日たまたま立ち寄ってくれた人と私の出会い。その数時間の、数分の出会いが私の一日にも少しだけ色をつけてくれる。じっと黙ってお気に入りの詩や写真の前に立ち続ける人。カウンターの奥に座る私を見つけて感想を言ってくれる人。丁寧に包まれたお土産や手紙をくれる人。出会うはずのなかった人に、作品を通して出会っている奇跡。

自分の中の怒りや葛藤といった陰の部分が原動力になることが多い詩作活動の中で、冬の陽だまりのように温かい「出会い」というエネルギーは、やがてまた柔らかさと優しさに満ちた作品に生まれ変わる。こうやって私の地球は回っているのだと思った。形にしてみて、良いも悪いも体験してみて初めて、人は本当の一歩を踏み出すのだ。百年後も残るだろう私たちの写真詩集は、千人の人の手に行き渡った。あの言葉達が、あの写真達が、色んな形で千人の人生にお伴させてもらえたら、これほど嬉しいことはない。

私の電車もまた、本が旅立つのと同じように再び走り始めた。各駅停車のような穏やかさと確かな実感、そこにときどき急行列車も走らせられたらいい。自分が本当にやりたいこと、やるべきことを吟味し、今まで以上に自分と対話しながら仕事を選んでいく。

それこそが、新しい道を選んだ私への答えであろう。

武道館と父とB'z

この間、友人のライブを見に武道館に行った。用意してくれた二階の最前列に座って会場を見渡す。もうすぐこの場所に立つ友人は、今何をしているだろう。楽屋でいつも通りの時間を過ごせているかな。緊張しすぎてガッチガチになってないか心配だな。そんなことを考えながら。

自分が初めて武道館に立ったあの日のざわめきが蘇る。武道館に立つんだぞという恐怖も覚悟もあるようでないようで、でも確かにあったのは大きなステージと降ってきそうなお客さん。二日間のステージを終えて初めて「凄かったんだな」と気づいた。抱えきれないほどのプレゼントを持って小さなアパートに帰った。しーん。という音があることを知った。ベッドの上でしばらくぼんやりして、いつもと同じようにゴミを出すため玄関を開ける。春風の中、ゴミ袋を持って階段を降りる。カンカンカンという階段の音、遠くに光る新宿のネオン。しかし静かだ。この世には私しかいなくなったんじゃないかと思うくらいに。

あまりのギャップに吹き出してしまいそうだった。

「私、武道館のステージに立ってたんですよー、数時間前まで！」

叫びたい気分だった。

今思えば、あの頃の私は、何も知らなかったというわけでもないけれど、ただただ進むトロッコに必死にしがみつきながらそれでもキャハキャハ笑い飛ばしていた。泣くこともなく振り返ることもなく。

東京での私の最後のステージも武道館だった。あっという間であまり覚えてないけれど、久々にやった曲に必死で、最後までバタバタしている自分が可笑しかった。たくさんのお客さんに見守られながら、きっともう二度とないだろうこの光景を目に焼きつけておこうと思ったのに、とにかく演奏に必死だった。自分らしいなとも思うけれど。最後だというのに、ライブ中のトークで前日家族と見に行った相撲の話をした。「今までありがとう」の一言も言わず、相変わらずの気の抜けた話ばかり。せっかくのイベントを湿っぽくしたくなかったとはいえ、どうしようもない天邪鬼《あまのじゃく》だ。また終わった後で反省する。

とまあ、武道館は私にとっても、いろんな思いがつまった特別な場所だ。
だけど、武道館を見渡したときに真っ先に思い浮かぶ風景がある。「武道館」とはとても似つかない風景だ。

それは、私の前を横切る父の姿。

東京でのラストライブ、演奏を終えて、私は共演のB'zを見るためにアリーナ席の後ろの方に座っていた。初めてみるB'zに完全にノックダウンされて、百聞は一見にしかずとはこのことだなーと痺れまくっていた。そのとき、私の前の通路を誰かが風のように通り過ぎた。一人だけ色が違いすぎる人物。二度見した――それは父だった。お客さんの邪魔にならないように腰をかがめて気配を消し、スパイのように足音も立てずに通りすぎていく父。その姿、武道館とのあまりのミスマッチ感。愛媛の家で、片肘をついてゴロンとしながらテレビを見ているはずの人が、武道館にいる。田舎の親父が、若者の歓声をかき分けて小走りで動いている。私は他人のふりをした。見て見ぬふりを。だって左隣には事務所の会長さんが座っているし、右隣にも部長さんが座っている。そう、なんだか恥ずかしかった。「お父さんです」なんて、いちいち紹介するのが。

五秒くらい考えて、やっぱりスパイの娘みたいに気配を消して駆け寄った。会長さんと部長さんの間を抜けだし、熱した空気をかき分けて。

「お父さん」

後ろから呼び止めると、敵に見つかったように振り返る父。

「あ、久美子」

さっきまでステージにいたのに、会場の真ん中で父と話をしている違和感。なんだなんだ、この感じ。

「え、何しよん？」

ウルトラソウル！　稲葉さんのシャウトの後に全員がジャンプする。ドーンと床が揺れる。

「ちょっとな、トイレに行っとったんよ」

トイレか。今トイレか……。

誰も私に気づいていない。武道館の客席で父親と話している私に。

「そうなんじゃ。席わかる？」

「うん。わかる。お父さんらはあそこにおるけんな」

父が指さした先は、ステージから見て左の端の端の端っこだった。そうか、私の家族はあそこから私の最後のステージを見ていたのか。ふーん。そっかそっか……愛媛から駆けつけた家族や親戚が隅っこの席でひっそり私のラストステージを見ていたのだと知って、なぜだかいたたまれない気持ちになった。

「見えた？」

「うん。よう見えたよ」

父の返事を聞いて、見守ってもらうというのはこういう感じなのだと、すぐに腑に落ちる。逆にあそこで良かったんだ。

「ふうんそうか。じゃあまた後で」

そっけない返事をして、また会長さんと部長さんの間の席に戻る。目の前では、ラストスパートに向かいB'zの演奏がさらに熱気を帯びていく。お客さんは拳を突き上げて一緒に叫び、飛んでいる。一気に現実の世界に引き戻された。

武道館と父。B'zと父。アリーナの隅の隅、我が家族は、私の最後の姿を見に来ていたのだった。

私の数ミリの心配は無意味だったとその夜帰宅して知る。母と姉はB'zに熱狂し、興奮冷めやらぬ感じだった。その証拠に、ライブの後、物販でアルバムを買ったんだと二枚組のCDを嬉しそうに見せてきた。

父は正直、娘のお遊戯会にでも来ている気分だったのだろうと思う。卒業式前の最後の舞台を見に。それ以外はずっと相撲だけ見ていたい、そんな感じだったのだろう。次の日の朝も相撲の結果ばかり気にしてテレビにかじりついていた。実に私の家族らしい風景だと思った。

にしてもB'zのライブ中にトイレに行ってたのか……さぞかし空いていたことだろうな。

父の後ろ姿を見ながら、苦笑いした。

ミソニティーブルー

私は逆子《さかご》だったようだ。妊娠八カ月が過ぎても、逆さまのままピクリともしなかったので、母は半ば帝王切開を覚悟していたらしい。

ある日のこと、いつも通り町の産婦人科に定期健診に行くと、担当医の診察の後、見たことのないおじいさんが出てきたのだそうだ。そのおじいさんは逆子と聞くと、腕まくりをして「見せてみなさい」と言った。多分、引退した先代の先生がたまたま病院の様子を見に来ていたのだろう。

誰だろう、この人……恐る恐る母は椅子に座り、もう一度お腹を出した。ゆっくりと先生も母の前の診察椅子に腰掛け、深呼吸を一つ、お腹を両手で挟んだ。そして、正気かと言いたくなるほどに、右へ回し始めたではないか。呑気に眠っている私を。それがなかなかの強さで、右へ右へどっこいしょどっこいしょと。痛すぎる、もう嫌だ。母が顔を上げると、二月だというのに顔を真っ赤にして汗をぽたぽたと垂らしているおじいさん先生の顔。母は事態を把握したらしい。この人、本気なんだ……本当にこの子を回すつもりなんだ。だから信じて耐えることにしたのだそう。おじいさん先生は、一年分のパワーを全部出す勢いで頑張った。行け行け、回れ回れ！

三十分後、

「よーし、これで大丈夫です」

と汗だくの先生。エコー写真も撮らずに。そんなばかな。そのまさかが本当だった。私はくるりんと回っていた。何も知らずにまんまと回転させられていたのだった。こうして、母は無事に私を産むことができたのだ。

母からこの話を聞いて相当驚いた。医療の世界にそんな神通力みたいな方法があるなんて。

助産師の友人に聞くと、昔はこんなふうに経験や手力、自然の力を取り入れてお産を支える医師や産婆さんが町にたくさんいたそうだ。エコーなんてない時代、医者の手は、ときに今では考えられないミラクルを生み出していたのだという。正にハンドパワー。

人が生まれてくること。一人の人間の人生がスタートするということ。それをスタートさせる母親、連携して支える医者、助産師。いろんな人の願いを受けて、私は生きているのだ。

人は人のお腹から生まれる。猿や、クジラと同じように。遠く古から、これだけは変わらない。人間もやっぱり動物なんだなと本能と強さを知る。立派に子どもを産んでいく友達を見ていると、その度に深い感慨にふけり、そして、私どこかで通らなきゃならなかった最大のポイントを通過しなかったのかもなんて嘆いたりもする。吹奏楽部の同窓会、子どもの顔も増えてきた。子どもは好きだ。だから教育大学に行って教師になろうとしていたわけだし。

でも、自分の子どもとなると私には勇気がない。誰かの人生をスタートさせる勇気が。人生は楽しいけど、楽しいだけじゃないし。学校は楽しいけど、それだけじゃないし。ずっと守ってあげられるわけじゃないし、地球は問題抱えすぎだし、日本はこれからどうなるんだよーってみんな頭抱えてばっかだし、竜巻とか地震とか台風とかいじめとか温暖化とか。あー。「ハッヒフッへホー」と甥っ子みたいに叫びたい気分だ。というか、私が子育て？　できるはずない。お姉ちゃんの子育て奮闘を数日見ているだけで、目が回りそうだもの。そりゃそうだ。人を一人、ゼロから育てているのだから。

まだまだやりたいことといっぱいある。展覧会もやりたいし、本もいっぱい出したいし、遊びたいし、旅行もいっぱいしたいし。言い訳だろうか、いや、個人の自由というやつだ。と今のところ逃げている。

ここまで繋げてきてくれた命の流れを止めて良いものなのか、なんて柄にもないことを考えてしまうこともある。

お盆に実家のお仏壇を掃除していたとき、我が家は愛媛のこの土地で江戸時代から続いているのだと母から聞いた。おじいちゃんのそのまたおじいちゃんも、同じ空や山を見ながら同じ土地を耕して、この場所で生き抜いてきたのだ。それぞれに与えられた時代と困難に立ち向かい、ひたむきに。その途端、自分だけの命ではない気がして、胸が熱くなった。そして、やがて胸は苦しくなる。繋いできた糸の一つを私が切ってしまうのか。

ちっぽけなこの私が、すごく重要な任務を授かって生まれてきている事実。江戸時代、いいや、もっともっと前、地球ができた瞬間から、途切れることなく私までバトンを回してくれたのか。ありがとう。だけど、私は途方にくれそうだ。

一年だけ生き、卵を産んでぼろぼろになって死んでいく鮎《アユ》。何年も土の下にいて、一週間しか生きない蟬。何のために生まれてきたか、理由を考えているのなんて人間しかいない。命は、ただ命を繫ぐためだけに生きている。あー。生きるということは、つまりは子孫を残すということなのだ。ロマンもへったくれもない話だな。生きている、というか、でっかいでっかい流れの中で生かされているということ。そういうことなのだなと。知っていたけど知らんふりしていたかった事実を突きつけられ、山手線の中、私の頭もぐるぐる回る。

わかっているのだけれど。そう単純にいかないのが人の心っていうもので。

明後日で三十歳ですね、私。だからか、だからこんなに考えてしまうのか。いや三十という安定感は好きだ。空を飛べなくなるどころか、どこまでも飛んでいけそうな軽やかさだもの。でも、だからこそ怖い。どこまでも行って、帰ってこれない気がするもんなあ。それもいいかなあ。手放しじゃないワクワク感。

得るものあれば失うものあり。こいつは、マタニティーブルーならぬミソニティーブルーってやつですかね。三十路。まだまだ修行が足りないようです。

おじいさん先生、私は元気にこんなに大きくなりました。

大学生　脅威の島国2001

バカで真面目で世間知らずの、バイトだけはプロ級の大学生時代。私は一度も就職していないし、就活さえしたことがないので今もなおその延長線上にいる……とは言いたくないので、皆が学べないことを学んだと言うことにしている。

友達もろくにできず、一匹狼を気どっていた高校時代から一転、大学というところは、実に色々な人がいることを知った。自分のまんまでいられた。無理しなくてもベタベタしなくても、気の合う人がポツリ、ポツリと集まる。その距離感の心地好いこと。そして何より、今までしてきた受験のための勉強ではなく自分の探求したいことが学べ、同じ夢を持った人と過ごせる。それだけで何だか堂々と息が吸えた。

私が通った鳴門《なると》教育大学は、徳島大学の教育学部が単独で移転したもので、徳島市内からは随分と僻地の離れ小島にあった。

潮の匂いっていいなあと思ったのもつかの間、二カ月も経てばチャリがすごい勢いで錆びてきていることに気づき、愕然とする。風が吹けば、体中、なんかべとべとする。台風は頻繁にやって来て、一年の間に何本も傘がぶっこわれる。どうりで防風林の椰子の木ばっかだわなあ……しかも大学のあった土地は塩田だったらしく、元々この土地に住む人は少ない。よって、大学と寮と、大学生用のアパートばかりの島。山育ちの私にとって、海と塩のアイランド「高島」は想像していたリゾートとはかけ離れたものだった。

島唯一のガソリンスタンドの横を通り、キコキコと海へ向かって走ること十分、おばさん達が膝まで水に浸かってせっせと岩海苔か何かを取っている。チャポンチャポンと打ち寄せる波。この船着場が私達のバス停のようなもの。小さな待合所には、近所のおばあさんや高校生が二、三人腰掛けている。スーパーへ行くにも、美容院へ行くにも、本屋へ行くにも船移動。

船に乗って数分、鳴門市へ出られる。そこまで行くと、「マイケル」という服や靴や家具や、ハムスターまでも売っている、どでかい店に行くことができる。お察しいただけるだろうか、車もなく、まだ周辺の地理に詳しくない一年生は、何もかもここで買うことになるわけだ。六月頃、体育の授業用に（教育大なので体育もあるのです）そろそろ新しいスニーカー買おうかなといつも通り船に乗ってマイケルに向かうと、アディダスの靴が私達の授業と申し合わせたかのように山積みになっていた。しかも安い割にかわいい。

休み明け、講義室に入って青ざめた。ななんとアディダス、アディダス、み〜んな新品アディダス！

「そ、そうですよねー」と、顔を見合わせ苦笑。

船には自転車も積めるので、海さえ渡ってしまえばこっちのもんだ。田んぼと畑しかない所で育った私にとって、鳴門市内くらいで十分満足だった。海を渡るということで、ちょっとした旅行気分も味わえる。しかし、夜八時で船は終わりなので、これに乗り遅れたら恐怖の橋渡りが待ち構えている。島に帰れる橋は二本あるのだが、赤い橋は歩道が殆どないに等しいので、車にいちいちビクビクしなければならない。下は渦巻く真っ黒な海、右は鬱蒼とした森。街灯もぽつりぽつりの道は、自然の脅威に直面することになる。もう一本の白い橋は比較的綺麗で、街灯もあり歩道もしっかりあるのだが、難点が一つ。鳴門市の中心地から大分離れているのだ。歩くと相当な距離がある。

一度、真冬に友達と肝試し程度に鳴門市の居酒屋から歩いて帰ったことがある。もちろん深夜だ。二時間くらい歩いただろうか。パトロール中のパトカーに遭遇。パトカーの窓がビーンと開いた。

「君達、高校生か？」

「いえ、大学生です」

「あ、そう。じゃあ気をつけて」

そう言い残して窓を閉めると走り去っていった。乗せて帰ってくれるかも……などというかすかな期待がすぐさま消えると、疲れがどっと押し寄せる。脱落した四人は途中のコンビニでタクシーを呼んでさっさと帰ってしまった。こうなりゃ意地だ。残された私と友人二人はホットレモンを飲みながら再び歩き出した。

足元からくる冷えがすさまじい。海からの風は、身を切るように痛い。歩道のある白い橋を選んだのが間違いだった。車で送ってもらったときは一瞬で着いたと思ったのに、行けども行けども橋にすら到達しない。何時間経っただろう。ついに橋に到着した。しかし、橋は昼間の十倍はあろうかというほど大きく、永遠に続くんじゃないかと思うくらい長かった。車さえもぽつりぽつりとしか通って行かない。街灯の光も足元を照らす程度。真っ暗闇の海だけが、静かに大きな口を開けて私達を見ている。

冷凍人間にされそうなほど寒々とした風。タクシーも通らないので弱音を吐かなくてすんだけれど。「スタンド・バイ・ミーみたいやね」と言いながら、それが小学生のやったことだから格好いいことに気づく。どのくらい歩いただろう。ついに橋の向こう側に御来光が見えてきた。途端に感動どころか、現実の虚しさと寒さが三人から最後の力を奪っていった。一人だったら泣いていただろう。私達はへらへら笑うことさえできなくなって、何かの罰ゲームのようにただただ歩いた。あの日ほど、玄関の扉を開ける喜びを感じた日はない。布団の温かさを感じた日はない。

次の日、高熱で起き上がれなかった。三日間授業を休み、布団の中、恐慌橋渡りゲームを思い出しては後悔した。「でも学んだことはあるのだ」と言いたいけれど、なーんにもない。強烈な思い出を残しただけで。

人生において、何の糧にもならなかったことをたくさんたくさんしたなあ。無意味で、時間の無駄で、ここでは書けないようないろんなことを。でも、ただ一つ言えるのは、無意味だったと言えるのは、やってみたからだ。やってみたことの中で、意味があって人生の糧になったこともたくさんある。その残りカスみたいに私の中のゴミ箱に溜まっていく出来事。そういう奴らほど、どうしたことか強烈な存在感を放ってくる。

全ての成功は失敗の上に成り立つ！　と、奴らは胸を張って、そう私に言ってくる。やらない後悔よりやって後悔だ、と。私は、そうやっていつも人生に果敢に挑む道を選ぶようになってしまったのだ。


ということで、島から出られない一年生は夜遊びなどとは無縁、なんていうことはありえなかったわけだ。一学年百人しかいない小さな大学だったので、百人飲み会をするほど全員顔見知りだった。アットホームで無法地帯な環境。周りをぐるり海と山に囲まれ、大学と寮とアパート以外は何もない。サスペンスの舞台にするならもってこい。これだけ隔離されていたら、鎖国中の日本と同じく独自の文化が栄えるというもので、外に出るという発想よりも、いかに島内でハッピーでトリッキーに過ごすかという発想に変わっていく。

例えば、ハロウィンに人の家を回って誰が一番お菓子を集められるか競ったり、夜のプールで泳いだり、校舎を使って陣取りゲームしたり、ときには図書館で真面目に本を読んだり。

そうだ、物などなくともアイディアでいくらでも人は愉快に生きていけるのだ。

その頃の留守電には、

「くみこさん、おじいちゃんです。今日もおらんのですか。夜なのに早うもんてきなさい。何をしておるんですか」

祖父のイライラした声がよく入っていた。

しまった、アパートに電話引くんじゃなかったと思った大学一年の夏のこと。

大学生　部室

人数が足りなくて、初めて麻雀に入れられたのは一年生の七月だったか。深夜二時を過ぎても一向に終わる気配がないので、

「あの、私、明日一限から授業があるんで、そろそろ帰ります」

ツモになったのを見計らって恭しく言ってみると、

「久美子、始まったら抜けられんのが麻雀の鉄則よー」

せっかく寿司ネタみたいに綺麗に積み上げられた残り半分の麻雀牌がまた崩され、混ぜられる。工事現場のブルドーザーみたいな手は、クレーンに変わり、いとも簡単にまた元の位置に寿司ネタを連ねた。

「え……そう、なんですか……」

煙が立ち込める部屋、麻雀とドンジャラが違うことを知った。気がついたら、朝七

時だった。真面目一徹だった私が、初めて授業をさぼった。ビギナーズラックで勝ちまくったのは気持ち良かったけれど。

台をひっくり返すと緑色の麻雀用テーブルになるボロボロのこたつ。いつ敷いたのかわからない、たぶん元は白色だったカーペット。散乱したCD、バンド雑誌。コーヒーの缶にささった煙草の吸殻。一階で誰かの車が止まる音がして、夕日の差し込む窓から下を覗く。コンクリートの階段を上る足音。「ギー」と重い扉を開いて眩しい夕暮れ色と一緒に、ギターを肩にかけた先輩がやって来る。そのうち他のメンバーも集まってきて、少し話をした後、彼らは練習室の鍵を持って部室を出ていく。しばらくすると、防音しきれていない練習室から漏れる轟音。止まってはまた同じところから演奏が始まる。ロッカーだけで仕切られた背中側では、フィルハーモニー管弦楽団が練習する音痴なバイオリン。「へったくそやなー」こたつの中でギターを爪弾く横顔は苦笑い。

「ねえ、来月のシャッフルバンド（部員全員参加でクジでメンバーを決める企画バンド）の準備そろそろせんとね」

私は詩を書きながら周りの数人に尋ねる。どこから出してきたのか、小さなクリスマスツリーが窓の傍で光っている。その横には、山盛りのゴミ箱。人生ゲームの箱。

爪弾くギターに鼻歌をよせてみる。

あの扉を開くと、私は今すぐ泣いてしまうのだろう。綺麗すぎる思い出ほど、たちが悪いのかもしれない。

何がなくとも部室に入り浸っていた。練習室は二十四時間使い放題だったので、他のバンドが入ってなさそうな夜中や早朝に個人練習することが多かった。練習室が埋まっている日でも、授業が終わるとまずは隣接する部室に行ってみるのが日常だった。ドアを開く前から、ギターの音か、けたたましい笑い声、はたまたかき混ぜられる麻雀牌の音。音楽の気配と、いつもがあった。

夏になるとしょっちゅう海に行った。授業が終わり、日が沈むと水着を服の下に着て部室に集合し、車に乗りあわせて海へ。すぐそこにあるのは海と大地だけ。

真夏の海に浮かぶ月の影。波の音だけが静かに寄せては引いていく。少し泳いで、岩の上に上って月を眺めた。海なのか空なのかわからない。暗闇の中、どこまでも広がる宇宙は、私の姿を隠すどころか、ポッカリとまるで一つの星であるかのように示し、孤独にさせる。楽しくて楽しくて、だけど拭い去れない孤独感。月光が、ケラケラ笑いながら泳ぐみんなの顔としぶきを浮かび上がらせた。私はそれを見るのが好きだった。

部室にはボロボロの扇風機が回り、開け放たれた窓から入った蝉が酷い音をたてて飛び回る。目の前のグラウンドで転げ回ってサッカーしている男子達。安い食材買って、バーベキュー、花火。練習室ではセッションが始まっている。外では相変わらず飽きずにボールを追い掛け回す声。バーベキューの準備を手伝う子、手伝わない子、そのくせ肉が焼けたらサッカーボール片手に「ヒャッホー」と箸を持ってバクバク食べる奴。そんな人がいても誰からも責められない大らかさ。学内ライブ当日の朝、機材搬入の集合時間十分前に来て、てきぱき準備を始めている子がいれば、一時間後に来て「またお前かよー」と笑われている子がいる。なんくるないさ、島国時間。部費を払う人は毎月ちゃんと払って、かたや二年滞納している人がいたり。中には、楽器は向いてないけどライブは好きなんでという理由で入っている子もいたくらい。それが、我が軽音楽部。一体ここにルールなんてないじゃないか……その自由さについていけず最初は戸惑っていたけれど、慣れると何てことない。一つのクラスを見ているようだった。上手く行かなさそうで絶妙なバランスなのだ。グルングルン掻き回すムードメーカーがいれば、必ずしっかり者の数人が、大人しい顔して手綱をぐっと引いている。そのまんまの性分でいけば丁度良いように出来ている。他の団体競技の部活と違って、いい意味で気が抜けて、ちょっと学内でも浮いていて、明るいくせに根暗で、でも本当はやさしくて、繊細で。

東京に出て色んな人に会うようになってからもやっぱり思う。先輩達も、同期も後輩達も、クレイジーで逸材だったたな、と。

そこにはやっぱり島国マジックがあったのだと思う。悪く言えば外を知らないということだけれど、独自文化のにょきにょき成長する場所だったのだ。一学年、多くても十人程度の小さな軽音楽部の活動は、他大学の活動と同じかそれ以上に独創的で活発だった。遊び場所がない。だから、朝から晩まで音楽をやる。それが遊びの一つでもあり、生活の中に自然とあるものだった。

部室は、私がやっと出会えた理想の教室のような場所だった。

気だるい匂い、あの人達のイタズラな笑い顔、隅っこのクリスマスツリー。懐かしく、もう随分遠い日々のように感じる。もう一度戻れるとしても戻ることはないだろう。思い出だからこそ美しいと、だからこそ今があるのだと知っているからだ。あのはちゃめちゃだった人達の殆どが、今教師をしている。わりかしそれを見守っていた私が、東京で今新しい人生を歩き始めた。あの日の私達は、誰も二〇一二年を知らない。五年後も十年後も知らずに音を鳴らしていた。そしてまた、誰も知らない十年後に向かって進んでいるんだ。おまけについてくる思い出を小脇に抱えて。

大学生　国語科

私がいた国語科というのがまた変人の集まりでして。他の科の子によく「国語かー。変人ばっかで大変そうねー」と言われた。でも私はけっこう好きだった。流されず、オタク街道まっしぐらの彼、彼女らが。源氏物語オタク、ハチュウ類オタク、アニメオタクなどなど。大体がインドア派の文学少年少女で、中には寮で一人ケーキを焼いているような男子もいた。もちろん彼はジーパンにシャツインである。あだなはケーキ。

「久美子すごいねー。ケーキと何の話すんのー?」

他の科の子からよく言われていた。

私はわりとケーキと仲が良かった。国語科十三人のうち、変態ばかり六人ほど我が家に集まって、よく朝まで大喜利大会をした。もちろんケーキも勇んでやってくる。

「高橋さん、今日はね、とっておきのブランデーを持ってきたんですよ。これね、けっこういい味なんですよね。ところで今日のお題はもう考えているのかい？」

とにかく変な人なのだ。授業は絶対一番前で受けているし、ご飯も昼休みもいつも一人だし、夏でも長袖だし、ついに四年間自転車だけで過ごし、教育実習に車でも四十分はかかる徳島市内まで毎日汗だくで自転車で通っていたし。でも、人に流されない強さと面白さがにじみ出ていた。

何年か前、ツアーで彼の地元に行くことになったのでライブに誘ってみた。大学時代、一度来てくれたことがあり、「なかなか面白かったですよ」というお褒めの言葉も頂戴していたからだ。

しかし、電話の向こうで彼は言った。

「高橋さん、僕はね、もうコンサートには行けないみたいなんだよね」

「え、なんで？」

「実はね、僕はね、どうやらね、ああいうガヤガヤしたところは向いてないらしいんだよね」

何て正直な男。デビューしてからの反応としては初めてのことだったので、「あんた変わってないなー」と、笑って電話を切った。

馬が合わなくて、衝突ばかりした子もいた。それは大学二年生のことだった。教育実習もなく比較的暇な二年生を中心として一、二年生が代々文化祭の屋台を出すことになっている。私とBさんは国語科の幹事だった。私達の科は、毎年たい焼き屋をすることになっていた。

Bさんの性格と私の性格は真逆だった。私は企画するのも好きだし適当にちゃきちゃきと決められるけど、Bさんは一つ一つ丁寧に細かく決めたい派。男子みたいな私と、周りがおろおろするほど女子タイプなBさん。

あんこや抹茶などの定番の味以外にどんな味を作るか、誰が機械の発注や学生課への申請をするか、一年生への連絡、統括、三日間のタイムテーブルの作成など、意外とやることは多い。一、二年生を集めて会議をするも、話はなかなか進まず。

そして、ついに立ち込めていた暗雲が嵐を呼び起こす。Bさんが泣いた。泣かせたのは他の誰でもない私だ。二人のイライラが些細なことで爆発してしまったのだろう。私は、「なんで泣くの！」と半べそになるわけで、女子には白い目で見られるわけで。そこでちゃんと謝ればいいものを、はぐらかしてしまった。いや、何で喧嘩になったかもわからない。全く覚えてない。でも、なんだかいつの間にか私は悪者になっていた。

私はもう面倒臭くなって全部を引き受けた。その頃、車を持っていたのが私を含めて数人しかいなかったということもあり、一人、業者に行ってたい焼機を借りたり、どでかいあんこを買ったり、味を考案したり、そりゃもう目を血走らせて。文化祭本番、手伝ってくれる同級生、一年生と、テキヤかと言わんばかりにたい焼きを焼きまくり、売りまくり、また焼いて焼いて売りまくる。タイムセールスで変わり種を作ってはまた焼いて焼いて焼きまくった。

少人数の大学なので、たい焼きだけでは打ち上げ代が出る程度だろうと思い、隣に輪投げブースを作ったのも良かったらしい。景品は、みんなに頼んで実家で眠っている物を大量に持ってきてもらった。その輪投げがちびっこに大人気で、思った以上に売れてしまった。そして、ついにすごい売り上げ記録を叩き出してしまったのだ。なんと一年生、二年生全員に打ち上げ代以外にもちゃんとキャッシュバックが出せた。私もしかして商売人になれるかも！　大盛り上がりで文化祭は幕を閉じる。

ああ、でもお金じゃないんだ。何で喧嘩してしまったんだ。何で仲直りしようと最後まで話し合えなかったんだ。その後、Bさんとは何となく元に戻ったけれど、触れるに触れられぬ苦いものが残った。

卒業式の後、彼女が一通の手紙をくれた。内容は文化祭のことを謝るものだった。

やっぱり気にしていたんだなあ。彼女が旅立った後、私はその手紙を読んで後悔した。私って何て子どもだったんだろうと。

大学四年の冬、大喜利に使った紙きれで山のようになったこたつの上。いつの間にか、こたつに潜って全員寝ている。白くなるカーテンの向こう、目を覚まし、はあ、また一日が終わったな、と思った。近づく「卒業」の二文字がこんなに寂しかったのは初めてだった。

この四年間に感謝している。

私にやっと安らぎと本当の刺激をくれた場所。今思えば、私はケーキが高校時代の自分と被ったのかもしれない。そして、Bちゃんとの喧嘩事件は、高校時代通らなかった遅い女友達というものの経験だったのかもしれない。高校時代に「友達」という枠ではなくとも、クラスに一人でも、おへその裏の、自分でも触るに触れないところを共有できる人がいれば何か変わっていたかもしれない。そんなことをときどき思う。

「じゃあまた明日ね」いつもの帰り道。この一言がもう言えないんだなと思った日。バンドを続けるため徳島に残った私は、一人、また一人と徳島を旅立つ友人達を見送った。卒業式前日の夕暮れ、いつもの校門が初めて来た日のように特別な色をして見えた。

今までの卒業とは全然違う。ここから先は断崖絶壁。飛ぶしかないのだ。みんな、飛ぶしかないのだ。練習なしで、ここから。羽を、持ちうる全ての羽を広げて風向きをよく見計らって。私は飛び立つ彼らを山の上から見ながら、何も言わずにいつものアパートに戻って、バイトをしながらドラムを叩いた。皆を乗せた赤いワゴンRに一人で乗って、誰もいなくなった島で、私にもやって来る新しい未来に向かってスピードを上げた。

勉強はといえば、締めるところはビシーっと締められるタイプだったということにしておこう。気がつけば高単位取得者で、上から数えた方が早いほどだった。

卒業前、担任の先生が首を傾げた。

「高橋、あんだけ遊んでバンドばーっかりしよったのに、どなんなっとんじゃお前」

取得した免許数は、小学校教諭、中学校国語、高校国語、幼稚園教諭、中学校音楽、図書館司書……と、実に六つ。意外と真面目にやっていたらしいですね。

もう十年も前の話。こんな季節がずっと続くんじゃないかと思っていた頃のお話です。

ヒトノユメ

画家の白井ゆみ枝さんと出会ったのは、チャットモンチーのデビューのタイミングだった。デビュー曲「ハナノユメ」のミュージックビデオの美術を担当してくれたのが彼女だった。初めての撮影、緊張と好奇心とで落ち着かない私の目に飛び込んだのは、地面いっぱいに敷き詰められた色とりどりの花の絵だった。その絵の中に入って演奏するということだった。見た目はポップだけれど、ジットリとその奥に毒を含んでいそうな花の絵はまるで自分たちのようで、妙な親近感を覚えた。撮影会場の隅にひょろりと細長い女の人が立っていた。どうやらこの人が白井さんらしい。紹介され、お互いにたどたどしい挨拶をする。八畳はある巨大な絵を、この人一人で仕上げたのかと思うと、その笑顔の奥にグラグラと煮え立つマグマが見える気がした。

それから目が回るような日々が続き、二年くらいして武道館でのライブが終わった後、ぽっかりと二日間のオフができた。城好きの私は、長野県の上田城に行ってみたい気分になり、確かあの白井ゆみ枝という人は上田の人だったなと、大して話もしたことのない白井さんの名刺を取り出し、メールしてみた。

「白井さん、明日行ってもいいですか。しかも泊まってもいいですか」

若いというのはすごい。とんだ礼儀知らずだ。


白井さんのアトリエを見せてもらって、これだなと思った。所狭しとカラフルなキャンバスが並べられ、天井を真っ黒な花の絵が覆っていた。あの花の絵に感じたエネルギーの源は長野にあった。

「白井さん、一緒に展覧会やりません？」

「え……と。いきなりだね」

前々から自分の詩の個展をやりたいなあと思っていたのだけれど、詩だけだと味気ないなあ。というか、誰かとワイワイやりたいなあと思っていたところだった。

台風女だと白井さんに名づけられているけれど、それは単にいつも見切り発車なだけだと思う。そして、私の車の助手席に白井さんは乗せられたということだ。

言葉はノートや額を飛び出そう。絵はキャンバスを飛び出そう。世界にただ一つ、みんながあっと息をのむような、そして自分たちの夢だったものが、関わった人の夢となるような、そんな展覧会をしたい。

そのためには、建築家が必要だね……。ということで、友人にお願いしてみる。ノーギャラですし、過酷かもしれませんけれども……でも絶対すごいことになります。一緒に見たことない空間作りませんか。大人の本気の学園祭。一生忘れられない夏になるよ。

意外にも人がどんどん集まった。自分の得意分野で参加者が増えていく。デザインできるよ。美術できるよ。写真得意よ。内装できるよ。仕切るの得意よ。何もできないけど何でもやるよ。そうか、みんなこういうことに飢えていたんだな。利害関係でない、でも遊びではなく、やりたくてもできなかった自分の理想を形にする場所。本気で石を投げ込んでやろう、アートとか文学とか超えて。

二〇〇九年、こうしてチーム「ヒトノユメ」が発足し、最初の開催地を東京に決めた。

頭の中では広がっているものの、一から全て自分たちでやるというのは、根気のいる作業だった。いつもならマネージャーがやってくれることも私と白井さんで分担。

チーム全体の仕切りや、会場の構想、コンセプトなどの打ち合わせが長野と東京で何度も行われた。設計図を作ってもらっては集まって練り直す。春、ようやく模型は完成したけれど、建物を作るにしても東京じゃ場所がない。建築家チームに何度も長野に行ってもらい、アトリエで建築物を作ってもらった。愛媛で大工をしている叔父には大量の額を作ってもらった。全てが手作り。プロモーションするにしても、私が直接雑誌社に電話するというガチンコ勝負だった。

七月に入り、いよいよギャラリーに資材や展示物を搬入する。一旦、解体した建物たちを二トントラックで長野から運び、会場で組み立てる。

私はツアーが重なっていたため、最後の四日間だけしか参加できなかったのだけれど、行ってみてびっくりした。建築家チームは、入り口のボックスを組み立てているところで、区切られた部屋の設営は、まだ半分以上が途中だったのだ。白井さんはフラフラのヘロヘロになりながら、みんなを鼓舞している。

「今塗ったところもう一回白に塗りつぶして」

大学生達が一日がかりで壁に作った私の詩が、三分で真っ白に塗りつぶされる。

「し、し、白井さん、落ち着いて。三日後オープニングパーティーやで。な、こんくらいでいいやん。な。」

いる。

「いや、ダメ。こんなんじゃダメだから」

この人、いつもやさしかったのに眼の色が変わってる。スイッチが入ってしまって

白井さんは、スパスパ大学生たちをぶった切っていった。何時間も、何日もかけてやったことを、良いか悪いかということでしか判断しない。そうだ、この人はアーティストだったんや。

みんな毎日徹夜で手伝ってくれた。もちろん、もう二度と来ない子もいた。徹夜しても間に合わないな、というくらいの事態。ダンボールの上で寝る。みんなで近くの銭湯に行って、また作業。クーラーの切れた室内は十分でまた汗だくになった。

オープニングパーティー一時間前、ようやく完成した。

こうして二〇一〇年夏、世田谷ものづくり学校にて初めての「ヒトノユメ展」が開催された。廃校になった学校をリノベーションした会場に、廊下まではみ出たボックス状の黒い展示空間。母の胎内をイメージしたその暗いトンネルを抜けると、壁一面の絵と言葉が広がる。さらに、廃材を利用した小部屋に様々な展示物が並ぶ。「ハナノユメ」のミュージックビデオで使った絵も空間の一部になっていた。同時出版した詩画集『太陽は宇宙を飛び出した』の原画の部屋も作り、額のガラスにシルクスクリ

ーンで文字を刷るという絵と詩の合体作品も見事だった。思った以上の出来上がり。嬉しくて嬉しくて、仕事のない日は毎日会場に行った。作品達は見れば見るほどにかわいく、その日その日の色を見せた。「来て良かった」と満ちた表情で帰っていくお客さん達。私の中でまたムクムクと新しいエネルギーが生まれた。

そして、制作は思った以上に過酷な日々だった。二人のアーティストが一緒にやるのだから、喧嘩だって勃発することもある。そのハードさゆえ、中心メンバーの殆どが終了後はしばらく連絡を取り合わなかった。私はストレスと過労から、胃潰瘍になった。白井さんは、元々痩せているのにさらに半透明の幽霊みたいになって長野へ帰っていった。どろどろのグラグラの夏が終わった。

喉元過ぎれば熱さを忘れるとはよく言ったもので、数カ月後、来年の開催地を四国は「徳島」「愛媛」に決めた。地方出身の二人が開催するのだから、地元でやってこそ意味が出てくると思ったからだ。デパートの最上階で開催される絵の展示会に行くのが楽しみだった幼少時代。こんなアート祭と出会っていたら、もっと夢が広がったかもしれない。地元の子供達にヒトノユメ展を見てほしい。そんな思いから、東京の次に四国という普通ならありえない展開となった。

二〇一〇年冬、チームを再建し、何度も四国を訪れて会場探しを始めた。タウン誌やラジオ局、新聞社を回って、情報の掲載や協力をお願いする。自分達が指針を作る。でもチームを信用して任せるところは任せること、これが二人の間での約束事となった。中心メンバーはスタッフではなくて、同志。信用することがお互いを成長させると学んだからだ。

徳島展は、海沿いの大きな倉庫で開催することになった。大きいにもほどがあるというほど大きい倉庫。車が三十台くらい入りそうだ。ここに新しい夢を作ることに決めた。新しい建築物が入って、絵が入って詩が入って。楽しみだなあ。またあの過酷な制作の日々が続くのか。また喧嘩ばっかりするんやろうなあ。

そんな最中、震災が起こった。開催四カ月前のことである。ぱったりといろんなこことが止まってしまった。私の中のエンジンもぱったりと止まってしまった。ああいうとき、人の本性が出るのかもしれない。今まで信じていた何もかもが、ストンと抜け落ちてしまった。正義感だけが空回りし、それが偽物ではないのかと悩み、ああ悩んでいられるのは寝られる家があるからだろうと落ち込み、でも結局正義か偽善かもわからないまま時だけが経った。無力さを思い知ったのは私だけではないだろう。自分が自分らしく生きることだけでいいのだと、あのときは考えることもできなかった。肝心の詩が全然書けなくなっていた。

いろんな状況が重なる中、救いだったのは徳島の人達の存在だった。市役所、商店街の方々、大学の後輩達、ライブハウス、町の人、みんなヒトノユメ展を心待ちにしてくれている。やるしかないと思った。六月下旬から、徳島展の準備が始まった。白井さんは長野から車で四国へ。建築家のみんなも東京から四国へ。大きめのマンションを借りての、まさかの二カ月の共同生活のスタートだ。ツアーが終わって徳島へ行ってみると、もう私よりも四国の人みたいな彼ら。まあ、よく焼けている。

夏の夕暮れ、海岸沿いの倉庫に並んだ、窓を黒塗りしたり、シャコタンにした車、十台以上。七月からは地元で建設関係の仕事をしている青年達が、仕事帰りに毎日手伝ってくれた。自称、青ひげ海賊団！

「久美子さん、今日は何したらいいっすか」

私に聞かれても、何したらいいかな。倉庫内を走って行って、東京から来ている建築家チームに尋ねる。

「あのね、この木切ってほしいって」

また走って行って伝達する。

休憩時間は地元の子だけで集まって少年みたいにぎゃーぎゃー騒いでいるし、東京チームは東京チームで固まっているし、最初はよそよそしい雰囲気だった。大丈夫かな。母校の大学生達も、夏休みということで鳴門から手伝いに来てくれた。塩飴を舐めながら四十度近い倉庫で作業。Tシャツは五分で汗だくだ。

ある日、東京の建築家チームが建物の検討模型を地元の子達に見せた。

「うーわ。なんすかこれ！　こんなん建てたことない。すごいなあ」

海賊団の目が輝いた。模型をまじまじ見ている。これは何、あれは何と東京チームと話している。四つくらいあったチームが一気にまとまった。みんなが同じ目標を共有した瞬間だった。

「で、これを二十三日までに建てるんですよね。来月の？」

「いや……今月の」

「やばいっすね」

大きな輪っかになって弁当を食べる。震災後、空箱みたいになっていた私の心に、少しずつ温かいものがたまっていくのを感じた。

ある日、汗ビショビショで作業していたら、ヘルメットを被った男性が入ってきた。

「なあ、扇風機借りてきてあげようか？　こんな暑い中で。熱中症になるよ」

見るに見かねて、別の工事現場で働いていた人が声をかけてくれたのだった。次の日から、扇風機と一緒に彼までもが、仕事が終わったあとに、手伝いに来てくれた。

「いやー。気になっとったんよ。地元の人らではないやろし、若い子が毎日遅うまで残って何しよんだろかと思ってね」

そりゃそうだな。徳島で、深夜まで電気が灯っているのはこの倉庫くらいだろうな。

「ここで毎日何してんの？」

だんだん噂の倉庫になってきた。近所の店の人、散歩中のおじいさん、自転車で通りかかった人。気になったいろんな人が、ちょくちょく覗きに来る。あのがらんどうの倉庫街で、東京から来た連中が何かするらしいぞ。噂は広がった。

夜十時、私は夜食の弁当を買いに走る。

「唐揚げ弁当十個と、生姜焼きが四つ、それからフライのが五つ」

おおよそ帰り支度を始めていた寝ぼけ眼のおばちゃんは、目を点にする。

「祭かなんかあるんえ？」

「いや、ちょっとそこの倉庫で。はい、これちらし」

「へー。おもろいことしよんなあ。見に行くわ。みんな見てこれ」

最初こそ驚かれたけれど、それから一カ月は常連さんになった。

青ひげ海賊団は、毎日十一時頃まで手伝ってくれた。そして終わると、そそくさと帰っていく。

「ほな、また明日です」

さすがに悪いなと思って海賊団のリーダーに聞いてみた。

「ねえ、こんな毎日みんな来てくれて嬉しいけど申し訳ないよ。本当に負担になってないん？」

すると、彼は爽やかに言った。

「大丈夫です。僕ら、生まれたときからずーっとここにおるんでね、ここから出たこともないんすよ。やから、こういうおもしろいことをみんなでできて楽しいんす。こんなことでもないとみんなで集まることなんてないですからね。毎日ワクワクしてますよ」

一五〇キロもの木の板が、徳島チームと東京チームの男子によって持ち上げられ、ボルトで固定される。左官屋の子が発注してくれた大量のペンキを、大学生たちが手分けして塗っていく。もはやみんな手伝いという域を超えていた。実際、そんな思いでは来られないほど、過酷な現場だった。完成を夢見ている人数は、日に日に増えていったのだ。そのうち、取材に来てくれた新聞社の人までがペンキを塗り始めるほどに。

七月二十三日、オープニングパーティー。かけつけてくれた青ひげ海賊団は、いらないと言うのに、無理やり入場料の五百円を払った。自分達で建てた一つの美術館を誇らしげに歩き回り、そして海沿いでまた集まってワーワーと騒いでいる。東京の男達も赤い顔して混ざっている。みんな出来立てほやほやのヒトノユメTシャツに着替えて。いいなあ、いいなあ。男達の中に入っていけず、母のようにその光景を眺めた。

次の日、会場に来て驚いた。倉庫前にギラギラ輝いているド派手な花輪。「ヒトノユメさん江　祝　開催」と書かれている。差出人は青ひげ海賊団だった。疲れがぶっとんだ。

「いやー。祝開店だったらパチンコのオープンみたいかなーと思って迷ったんすよねー」

嬉しさと、可笑しさと、照れ臭さと、ごちゃまぜのこんな感動ってあるんだなと思った。太陽と海の照り返しでギラギラの夏。枯れない花が咲いた。あまりの派手さに、来る人みんなが笑った。

倉庫の中に蜂の巣のように、いくつもの展示室が並んだ。外から見るとまるでサーカスのテント小屋。天井からアクリルで作られた文字を吊るしたり、地面を文字が這っていたりという細かい演出もした。東京展を経て、もっともっと自由に言葉を飛ばせたいと思ったからだ。三六〇度、ぐるりと私の背よりも高いキャンバスに囲まれた空間や、私が高松駅から実家に帰るときに通る駅を詩にした「四国の車窓から」という電車の中をイメージした空間も見物だった。子どもが迷路みたいな会場を走り回る。大人達は、ラビリンスに迷い込んだようにドキドキした顔で、「ごっついなあ！」と言いながら、じっくりと観てくれた。地元の人が来てくれて感想を言ってくれるのが、本当に嬉しかった。

来場者は、三週間で三千人という驚きの人数だった。徳島県は、倉庫前の海に船着場を設置してくれ、市内から出ている周遊船に乗ってお客さんが倉庫まで来られるように、という粋な計らいをしてくれた。車がなかった私は、頻繁に船長さんに電話して、倉庫から第二会場のある商店街まで送ってもらった。水都徳島を巡る市内までのクルージングは、一日の疲れを癒してくれた。

第二会場として商工会が貸してくれた商店街の空き店舗では、公開制作として、毎日白井さんが絵を描いていた。商店街のみんなは毎日遊びに来てくれたし、困ったことがあったらお助けマンみたいに飛んできてくれた。大学時代は賑やかだった商店街。

もう一度活気を取り戻してほしいという思いで、公開制作やサイン会を開催したり、屋台のかき氷を出した。手がキンキンに冷たくって、みんなで代わり番こに氷をかいた。

徳島市は、なんと徳島市連の阿波踊りの浴衣と団扇を私達にデザインさせてくれた。背中には私の詩、そして浴衣全体に、徳島の夏を思わせる、熱気漂う白井さんの絵。

私の手　踊るのは
あなたの手　踊るから
私の足　踊るのは
あなたの足　踊るから

みんなで踊った阿波踊りの夜。倉庫の前、輪になって。すだち酒と花火と、下駄の音。やっと、徳島展が完成された気がした。

阿波踊りとともにフィナーレを迎えた徳島展。翌日から解体作業が始まった。作るための力は出るのに、崩すだけの作業は心までもが折れる。一ヵ月かけて作ったものが半日でなくなっていった。

次の日、松山に移動した。ゴールしたと思ったら、ああまた、始まるのだ。

松山は流石《さすが》文学の町だった。徳島の南国ムードとは違い、じっとりとした歴史の匂い。宿が道後温泉の近くだったこともあり、昭和のネオンの感じや浴衣の襟足、お土産売り場は蒸すような湿っぽさがあった。漱石も子規もこの道を歩いたのだろうかと思うと、温泉帰りに一杯呑みたくなる。道後ビール。おいしいのです、これがまた。

ついに、私は朝起き上がれなくなる。白井号（白井さんの車）に乗り遅れ、後で電車で行く日もあった。

愛媛では、市民学校「いよココロザシ大学」の皆さんが、授業の一環として準備や運営に携わってくれた。会場は、萬翠荘《ばんすいそう》という現在国の重要文化財に指定されている大正時代の洋館。伯爵が別邸として建設したもので、皇族の方が松山に訪れたとき滞在されていたという歴史ある建物だ。玄関を開けると赤絨毯が全面に敷かれ、ステンドグラスが階段中央に輝く、ダンスパーティーが始まりそうな空間。ナイフとフォークとワインが似合いそうなテーブルに椅子。怒号が飛び交っていた徳島とは、一八〇度違う。

この洋館の持つ歴史や気品と共存しつつ新しい提案をしたい。いつも萬翠荘を訪れている人を、あっと驚かせる空間に。綿密に練った計画を一つ一つ形にしていく。メインとなる新作は、「ネコの毛」という物語だった。人が実際にその足で物語の中に入っていくという巨大な絵本。螺旋状の建築物を外から中に向かって進んでいくと、壁に描かれた物語も進む。これらは徳島展の第二会場で公開制作されていたもので、それを分解してトラックで持ってきたのだ。その他にも、半分以上が新作。頭の中では出来ていても、具現化するということはつくづく体力のいることだった。

また設置や制作で眠れない日々が続いた。東京から来た建築家チームの三人は、ヒトノユメと心中する気だろうかという噂が立つくらいに、気がつけば四国に二カ月以上いる。仕事は大丈夫だろうかと思いつつ、もう誰もそんなこと聞かない。いや、怖くて聞けなかった。

愛媛で生まれ育った私だけれど、こんなに長く松山にいたことは初めてだ。松山からずいぶん離れていたため、松山といえば家族旅行で道後温泉に行ったり、年に何回か買い物をするとき、お洒落して出かけた街だった。

市内電車が唸り声を上げて街を走り回り、上品なお婆さんがかわいらしく椅子に腰掛ける。歩けば、俳句ポストがいろんな所に設置されている。私の家の近くにあったら、学校帰りにそっと入れただろうな。憧れの松山は、今もやっぱり素敵な場所だった。一カ月の松山滞在は、愛媛県という場所を新しい視点から見せてくれた。

徳島、松山と経てわかったのは、町が人を育てるということだった。そして、人が町を作り守っていくのだと思った。いろんな思い出や懐かしさを引き連れて、愛媛展は完成したのだった。

こんな充実した夏はなかったです。東京から来てくれた建築家達も、徳島のみんなも愛媛のみんなも口を揃えてそう言ってくれた。私は「ありがとう」しか出てこなかった。なんだろう、沢山言葉がなくても伝わり合えるこの感じは。ああそうか、高校時代の部活と同じだと思った。同じ釜の飯を食べながら、喧嘩しながら、一歩も妥協を許さずに、最後の最後まで諦めずに闘ってくれた、運命共同体だったのだ。愛媛展は、来場者二千人という大盛況で幕を閉じた。

この春、徳島に当時のメンバーと行ってみた。そこにあったのは、がらんどうの倉庫だった。夢だったのかしらと思った。一枚だけ思い出に残されたパネルが、恥ずかしそうにこっちを向いていた。私は、そそくさと倉庫を出た。

もう一度だけ、あの完成した空間に行ってみたいなあと思ってしまう。三週間、嫌というほど見たのに。潮風と、差し入れの日本酒と、みんなが帰った後の電灯の下の作品。

終わったから美しいのだし、今はもうないから尊いのだけれど、もう一度だけ行ってみたい。あの、情熱的で眩しすぎる空間へ。

懲《こ》りない私達は、二〇一三年夏、白井さんの地元、長野県上田市で「ヒトノユメ in 長野」を開催します。

お気に入り

今の家に引っ越したばかりのとき、なかなか気に入るカーテンが見つからなくて、しばらく広めの窓にバスタオルを何枚も吊るしていた。外から見ると、スヌーピーや、花柄や、水玉が何枚も並んでいて、遠くからでもすぐわかるほどそりゃあ賑やかだった。あの人、一日何回お風呂入ってるんだろう……と、通りを行く人は首を傾げたかもしれない。あれはあれで楽しかったけれど、流石に落ち着かない。いよいよエンジン掛けて探しに探し、巡り合った布は古道具屋さんに積み上げられていたドイツの古いカーテンだった。今の日本にはなかなかなさそうな色とデザイン。ゴブラン織りの派手すぎない黄色に、七〇年代風の花柄模様が規則的に並んだ、少し古ぼけた、いや風格のある生地だった。これだ！　ついに来た！　私の部屋を支える大黒柱との出会いである。

私の目には、そのカーテンの向こう側に見える景色が浮かんでいた。一枚でも日本じゃありえないほどドデカイこのカーテンは、きっとドイツのすんごく大きな家のすんごく大きな窓に使われていたのだろう。私の知らないドイツ人が、この大きな大きなカーテンを毎日開けて朝食のウインナーとパンをかじり、閉めてはビールを飲み飲み踊ったりしたのだろう。冬の寒い日はかっちりと閉じ、暖炉の暖かさを逃がさないようにガードし、ご主人はそっと隙間を開けては、私と同じように春に思いを馳せたのかもしれない。ときには息をころし、かくれんぼをする子供たちをすっぽりと包んだのだろう。ドクンドクンと打つ子どもの胸の音と外からさす太陽の匂い、もしくは雨の音。鬼の子がそっと捲《めく》ると、途端に静寂は鳥のように飛び去り、キャーキャーと裾が揺れ動く。

それがどういう理由か今、日本の古道具屋に高々と積み上げられ、陽の光さえ浴びることなく幾年も過ごしている。

よっしゃ、カーテンとしてもう一度命を吹き込んでやろうじゃないか。縦だとどうやってもでかすぎるので、横向きにデーンと一直線に使えば何とかなるでしょう。ということで長さも測らず見切り発車で購入。人も物も出会いというのはいつもこんな感じだ。「この人とは仲良くやれそうだぞ」と、めったに降りてこないキラキラさんがふわ～っと私の背中を押し、「行け、行け。こんなこと二度とないぞ！」と言う。多少の傷はいいじゃないか。人見知りそうだなあとか、まめじゃないだろうなあとか、服の趣味悪いかもとか、丈が足りないかも、とか、そんな八十％の不安を吹き飛ばす強烈な二十％があれば、あとは何だっていいじゃないか。キラキラさんはそんな風に毎度そそのかす、いや励ましてくる。そんなわけで私は、でっかいカーテンとカーテンの思い出を買った。

いざ我がマンションに連れてこられたドイツのカーテンは、ばっちり丈が足りなかった。縦だと長いけど横だと少し短い。何か別の布を継ぎ足そうかなーと思いながら二年弱、そのまんまだ。欠点ほど愛おしくなるもので、これはこれでかわいいなと思う今日この頃。足りない丈の下から出た奥のレースのカーテン。不完全さが、また実にいい。

カーテンといえば、今流行の遮光カーテンは苦手だ。光が入ってこないと、私は朝が来たことに永遠に気づかないだろう。二十四時間だって眠っているだろう。だから、丈が足りない上、遮光しないこのドイツのカーテンは、私にはもってこいというわけだ。

私は七〇年代頃の色合いや柄、デザインが大好きで、家具も、食器も、服も、そういう、いわゆるガラガラが多い。チンピラみたいな、おばあちゃんのスカートみたいな、お母さんが若い頃着ていた真緑のコートみたいな、あの派手でポップでサイケなのが。まさに、母が嫁入り道具で持ってきた琺瑯《ほうろう》の鍋やグラスみたいに、オレンジとか黄緑とか黄色を躊躇なく合わせたクラクラする色合いがたまらない。「ノルウェイの森」の映画に使われていたセット、理想はあんな感じだ。三世代くらい遡り、ひいおばあちゃん達が使っていた、大正ロマンたっぷりのレトロな家具、食器もいい。渋くなりきれてないださかわいい食器も好きだ。この間、実家の納屋で古い茶碗を見ていると、一枚一枚細かく同じ絵が描かれているものを発見した。山々に木が並び、ちょこんと家がある田園風景の模様。多分ひいおばあちゃんが若い頃使っていたのだろう、と母が言った。大正から昭和初期の食器。しかし、この頃に器への印刷技術ってあったのだろうか、と不思議に思い、茶碗をまじまじと見比べていたら、一つだけ木が一本多く描かれている茶碗があった。絵付師が間違ったのだろう。くすっと笑いたくなる。やっぱり職人さんがこの細かい絵を一つ一つ描いていたのだ。誰かの手の温もり、汗、生活、そんなものを感じられる食器を使うと、料理が何倍も美味しくなる。大切に使いたくなる。実家に帰ると、納屋を物色する。で、お母さんが捨てそうな物をもらって帰ることもしばしば。

「え、何でこんなんがいいん。こっちの方がいいんじゃないの？」

母が差し出す今風の綺麗なツルッとした食器にはどうも興味が持てなくて、結局、捨てるリストに入っていた埃まみれのものから掘り出したものを見つけて持って帰る。

記憶の中に殆どないひいおばあちゃんが、この茶碗を手に取り井戸の水で洗ったのだろうか。十人を超える大家族が「いただきます」と手を合わせ、まだ小さい祖父は一粒残さず茶碗の中のご飯を食べ、おかわりしたのだろうか。

私の先祖が使った食器を二〇一二年の東京で使う。それは、命の意味をささやかに教える。そうして、自分がここにいることを確かめる。

作家になってからは、着物もよく着る。母方の祖母は和裁が得意だったし、母も浴衣をよく縫ってくれたので、我が家には着物と浴衣が大量にあり、子供の頃からよく着せてもらった。大学時代、こっそり着物部なるものにも入っていて、ときどき友人と着物姿で食事しに行ったりもしていたな。子どもの頃、茶道を習っていたこともあり、最近は家でお抹茶を立てたり着物を着たりと、歴史好きに加わり、和な生活もお気に入りの一つだ。

着物って世界一お洒落かもしれないと今思っている。和服は洋服以上に着る人の個性とセンスが光る。派手な着物と派手な帯をわざと合わせてみると意外とかわいかったり、無地どうしの方がよかったり。夏に朝顔や花火柄でも良いけれど、早めの六月頃に着ると「あらま、奥さん粋ですこと」となるし、帯揚げや帯締め、足袋の色など、小物一つで粋にも、野暮ったくもなる。

着物にも歴史があり、母の時代と祖母の時代でも柄や雰囲気が違う。祖母の時代のものは、モチーフがユニークで奇抜な色合いが多い、アンティーク着物と言われる大正から昭和初期のものだ。この時代のものは、着物の歴史の中でも独特の味を出している。中には、トランプ柄や洋傘など明らかに日本にないものが大きくモチーフとして入っていたり、ドット柄もあったりと、アンティーク着物の和洋折衷さは何とも洒落ている。どっしりとした存在感と個性があり、どっちかというと母の時代の着物より好きだ。アール・ヌーボー、アール・デコといった芸術界の流れとともに着物の流れが変化していったことにも、日本人の美意識の高さを感じる。洋服にも流行りがあるように、日本人は着物で目一杯お洒落したに違いない。

「次はあんな柄が出たのよ。お父さん買ってよ」

「えー、秋に買ったばかりじゃないか」

「今はあれが流行りなの！」

そんな、現代と同じような会話だってあっただろう。

今は半襟を付け替えることにはまっている。端布を買っては今度着ていく着物に合わせて自分でちくちく縫っていく。冬は羽織を替えるとまた新鮮な装いになる。夏の和装はどうやっても暑いけれど、絽《ろ》や紗《しゃ》、上布《じょうふ》の着物を着て扇子をパタパタ涼しげに歩いてみる。雨のときは、雨下駄とカラフルなレインコートがかわいい。もしかして洋服に勝てるのは和服しかないんじゃないかと思うくらい、着物は日本人に似合う。

しばらく前、結婚式用の草履を新調しようと思い、友人に教えてもらった江戸時代から続く浅草の和装履物問屋「長谷川」に行った。ギター屋にギターが一斉に並んでいるように、扉を開けると、そこは鼻緒と下駄と草履のオンパレード。ここで下駄と草履ばかりを見つめて生きている人がいるのだと思うと、のっけからぞくぞくしてきた。日本舞踊の先生らしき女性が、何十足という草履を注文して颯爽と帰っていく。店員さんはみんなちゃきちゃきの江戸っ子で、ちんたら選んでいる私なんかはそのうち放っておかれることになる。悩みに悩んで何十種類と並ぶ草履に、百種類くらいある鼻緒から選んだものを、足に合わせて草履にすげてもらう。このすげ方で歩きやすさや疲れやすさが全然違うのだ。大将のお爺さんが、また江戸っ子で粋だ。着物に足袋姿で畳の上にあぐらをかいてトントントントンと草履を木槌で打つ姿は、もう、一日中見ていたいくらい素敵だ。

ある日、祖母にもらった下駄を持って長谷川に行ったときのこと。大将がその下駄をちらりと見て言った。

「お嬢ちゃん、この下駄どうしたの」

「おばあちゃんにもらったんです」

「こりゃあ、あんたにはきついでしょう。見してごらん」

下駄を出すと、大将の眼の色が変わった。

「これは、いつの下駄だい？」

「さあ。わからないんですが、一度も履いてないと言ってましたよ」

「これはね、三十年も前に製造されなくなった鼻緒だよ」

そう言うと、店員さんたちがぞろぞろ集まってきた。通常なら片足に二本の鼻緒だが、ベロア生地で丁寧に編み上げたその鼻緒は、一本の部分が二本になっているという珍しいものだった。大将は、この古い鼻緒を、私の足に合わせて伸ばすと言う。

「こんな古いものを伸ばすなんて無理ですよ」「切れますよ」「絶対裏を開けないほう

がいい」いろんな意見が飛び交う。「大丈夫だ。これは絶対に切れない」大将は全員の意見を押し切って下駄の裏の金具を取り外した。緊張が走る。鼻緒が道具に挟まれてぐいぐい引っぱり出される。金具の中に収められていた予備の鼻緒が、深い眠りから目を覚ますようにゆっくりと顔を出した。あっぱれ。大将の言う通り、鼻緒は切れることなく無事に伸ばされたのだった。あれは拍手ものだった。現在では製造されてないらしい珍しい鼻緒は、私の足ぴったりにすげられた。でも、もったいなくてまだ一度も履いていない。せっかく直してもらった下駄だ、いつか履かなくちゃと思う。きっと、特別な場所へ私を運んでくれるだろう。

　大将に教えてもらった老舗の足袋屋、てぬぐい屋、呉服屋にも行ってみる。これはもうえらいところに足を踏み入れてしまったもんだ。私はディズニー好き女子と同じような熱っぽい目で浅草を練り歩く。着物周りの物や、お茶道具なんかの買い物をするのが最近の私のお洒落の一つ。そうして、着物を着てしゃなりしゃなりとお能を見に行ったり、結婚式に出席したり、詩の朗読をしたり、お茶をたてたり、夏祭りに出かけたり、何もなくても近所をうろうろする。背筋が伸び、仕草が淑《しと》やかになり、気分も何だかやわらかで。おや、肌の露出の少ない着物の方が随分艶っぽいかもしれないなと思ったり。

生活の基本は、母に送ってもらった無農薬野菜でお料理を作ることだ。スーパーにない野菜なんて、ミョウガくらいかもしれない。何から何まで、季節とともに段ボール一杯にやってくる。無農薬栽培の大変さを知っているだけに腐らすことは絶対できない、というプレッシャーも少々。食べきれない分はさっと茹でて冷凍に。もしくはお漬物やピクルスに。旬のものを毎日食べると体がピンと自立する。勘が鋭くなるし、体が軽くなり、ちゃんと自分の足で立っているという感じ。

大地にありがとうと思う。家族にもありがとうと思う。そして、自分の体にも。

好きなことを好きなだけやってみる。会いたい人に会って、笑って、ときに部屋から一歩も出ずに本を読んで、泣いて、いっぱい旅をして。そんな日々を一年。年は取っていくはずなのに体も心も軽やかにしなやかになり、また小学生のときみたいにビューンとどこまでも飛べる感覚が日に日に増していく。これは自由かしら。それとも夢なのかしら。

毎日が全部完璧なんていう日はない。基本だらけてるし、締め切りを過ぎてしまうこともあるし、睡魔に負けるし。でも、カーテンを見る度に、やっぱり良いなと思う。

玄米ごはんをよそうお茶碗も、祖母や母から受け継いだ着物も、自分で選んだ新しい帯も、今日の夕飯も。それだけで、やらかした失敗の半分は明日への活力に変わっていく。お気に入り達は私を支え、お気に入りの自分へと導いてくれるのだ。

いろいろ間違ってた

海外も好きだけど、のんびりと日本をぶらり旅もいい。部屋から飛び出したくなって行くのは、小田原、伊豆の伊東、そして箱根湯本、軽井沢など近場が多い。この一年は本当にプチ旅行よくしたなあ。ひと月に何回も。旅行というか、家出というか……多分、文章を書き始めて家に籠ることが多くなったからだと思う。締め切り間際、こういうときに限ってネタが思い浮かばない。箱根湯本あたりの旅館を予約して、小田急線にパソコンとノート一つ持って乗り込む。一時間ほど揺られると、急に景色が変わる。自然が増えて、建物が減って、あ、海だ。自然って本当に癒されるなあ。さっきまでの自分が嘘みたいに、みるみる精気がみなぎって、頭が冴えてくる。

見慣れた駅に降りると、急にあの場所この場所に行きたくなってきた。いつものお酒屋さんで日本酒の試飲もしたいなあ。あの干物屋さんにも行きたいなあ。をし、明日は遊ぶ！　そのために頑張ろう。私はここ一番の力を振り絞って、書くことに全神経を集中する。到着して、書いて、温泉に入って、調子が出てきたぞ。またまた二時間ばかり書いて。すると仲居さんが夕食を運んでくれる。ずらり並べられた海の幸、山の幸、誰かにこんなに尽くしてもらう贅沢。片づけしなくていいわけだし。家に帰らなくてもいいわけだし。

お腹いっぱい食べて、海沿いを散歩して、帰ってまた書いて、夜中の月を眺めながら温泉に入って、また書いて。ああ、書けるという幸せ。いろんなイメージが出てくる幸せ。なんでいつもこうできないのだろう。

バンド時代はツアーで全国各地を飛び回っていた。暇をみつけては城に行ったり温泉に行ったりして、いつかゆっくり来てみたいなと思う場所がたくさんできた。町って、やっぱり人が作っていくものだから、行く土地土地で違う。最近はチェーン店が増えて、中心地はどこに行っても似た風景になりつつあるけれど、市街地を離れるとグッとその地独特の匂いが漂い始める。昔ながらの商店街や、川沿い、神社周りなどを歩いてみると、ひょんな出会いや、町に染み込んだ歴史に触れることができたりする。

去年の冬、ゆっくり行ってみたいリストの中の一つ、岐阜県の白川郷に友人達と行ってきた。タイミング良くか悪くか、大雪の日だった。

名古屋あたりから吹雪になってきて、途中ついに電車が止まった。四時間の遅延。こりゃあ辿り着かんかもしれんなあ。ぴくりともしない電車の車窓から、ぼんやりと眺める降りしきる雪。凍って流れを失った川は驚くほど綺麗だった。何とか飛騨高山のホテルに到着し、そこからバスに乗って白川郷を目指すことになった。

バスの運転手さんが、

「積雪が多すぎたら引き返すこともありますので」

と、慣れた顔して言う。スキー場ではない。雪だるまなど、どこにも見当たらない。だんだんと、尋常じゃない風景になってきた。雪。雪。雪。雪しかない。よく運転できるなあという吹雪。真っ白で、ここが空の上なのか、地上なのかもわからない。やがて、雪が穏やかになるとその中にぽつりぽつりと合掌造りの家々が見えてきた。ここに生活しているのだ。この地上か空かもわからない埋もれた町の中に。何だって、ここに……という気持ちにさえなってくる。

なんとかバスが到着し、私達四人は降りた。砂漠に降ろされたように、右も左も何にもない。

「え。で、どうするんこれ……」

水曜日はどこも閉店しているのだと待合所の人が言った。みんな無口で、それ以上しゃべろうとしない。

「えっと。どこか開いているお店ってありますか」

「さあ、なんせ水曜はお店も開いてないし人も殆どいませんから」

ただただ雪の砂漠を歩く。ゴーゴーと音を立てて流れる川があるだけで、町は静まり返っていた。はるか頭上、道の両サイドを雪の要塞がとり囲む。靴下を二枚履いても足の先の感覚がなくなっていくのがわかる。しばらく歩いて、雪かきのされていない方まで行ってみると川の音さえ聞こえなくなった。こんなに無音の場所があるだろうか。雪は確かに降り続いているのに、音一つない。歩くのを止めると、自分の胸の音と血がめぐる感覚だけが、川のようにゴーゴーと響いた。綺麗だな、なんて写真を見たときの気楽な感想は出てこず、ただ怖いと思った。ここで倒れたら雪と一緒に春まで埋もれるのだろうか。代々木公園とは違うのだ。新宿御苑とも、金閣寺とも。作られた自然の中に生活しているから、「自然はいいよねー」などと言えていたのだろうか。窓の外の出来事だから美しいと思えたのだろうか。そこにあったのは剝き出しになった自然の姿、脅威だった。

私は思いっきり無視された気がした。君が来るところじゃないよ、と。

雪かきをしているおじいさんの横を、黙って通りながら私達は山を降りた。

似たようなことが南の島でもあった。

沖縄の阿嘉島《あかじま》に行って、カヤック半日体験コースに入ったときのこと。若い女性のトレーナーについて無人島まで自力で漕いでいったのだけれど、半分くらいの地点で、「あ、私間違ったな」と思った。だって、気がついたら右も左も、エラ呼吸しか通用しない海だった。寒気がした。うわ。もう自分なんてゴミくずみたいじゃないか。あまりに途方もなさすぎて、それに波に酔って吐き気がしてくる。海は広いな大きいなーなどと歌えるはずもない。前の人について行くことで必死だった。

やっとこさ離島に着き、続いてシュノーケリングをした。フィンとシュノーケルをつけてトレーナーについて、沖の方まで泳いでいく。当たり前だけど、だんだん深くなっていき、足の下を、オレンジや青や、得体のしれない蛍光緑の魚が泳いでいく。こわ！　またまた波に酔いそうになる。剝き出しのサンゴ礁、岩と岩の間にはずーっと深くなっている落とし穴みたいな黒い闇。こわ！　吸い込まれそう。
ザバーン。顔を上げてびっくりした。誰もいない。右も左も上も下もそこにあるのは海と空だけだった。もはや、こわ！　とも思えずに、ああ死ぬかも、と思った。思っていたより随分遠くまで泳いできたらしい。しかも、みんないないぞ……みんなどこだよー。泣きかけで黒い海にぽっかり浮かんでいると、あ、ずっと岸の方でかすかに声がした。良かった。泣いたって仕方ない。泳いでいくしかない。しかし、帰りの体力を考えてなかった。本当に怖かった。このまま水でも飲んだらお陀仏だね……体力配分間違えてフラフラになっているマラソン選手のファイトを思い出し、メラメラと変な闘志が湧き起こる。とにかく、この海地獄から脱出しなきゃ。

泳いでも泳いでも景色がなかなか変わらない。海。海。魚。魚。空。珊瑚。海。海。空。容赦なく波は私を押し流していく。無我夢中で泳いだ。長年通っていたスイミングスクールとは訳がちがう。意地悪な波は必死の私を平気で押し返すし、何より、「死」を感じながら泳いだのは初めてだった。

最後の力を振り絞って、何とかみんなの方まで辿り着いた。ほっとして、もう岸に上がろうと思った。でも、あれ、何だか嫌に盛り上がってるな。もしかして、私が戻って来たことに誰も気づいてないぞ。全員シュノーケルを水面につけて海の中を覗いている。顔を入れてみて驚いた。なんと、トレーナーが素手でタコと格闘していた。素潜りで随分深いところまで行き、岩の奥に手を突っ込んでタコを引っ張り出そうとしている。

私と同い年の女子が、素手でタコと。

「ああ。間違ったな」

と思った。

私なんぞが来てはならなかったのだ。コテージの中庭に残って読書していたおじさんと一緒に『老人と海』でも読んでいればよかったのだ。

トレーナーはなんと一度岸に戻ると、長い竹を拾って戻ってきた。そして再び水中深くに潜ると、岩の陰に向かって竹をぶっ刺した。ブシューと一面が黒くなった。墨攻撃もむなしく、タコは負けた。

みんなが大喜びしている。私は心がざわつく。

「ああ、私、間違ったな」

再び思った。

岸に上がると、みんなが、さっき捕ったばかりのタコの吸盤に齧りついている。さっきまで生きていたタコの足に。案の定、野性の女性トレーナーが私のところにもタコを持ってきた。「私はけっこうです」なんて、生ぬるいことを言うべきではないのだ。ここまできたら。私も齧りつくぞ。意を決してぬるっとする足に齧りついた。吸盤がぴとーっと口の中にくっつく。ぞぞぞーっと足元から鳥肌が立った。

「お、おいしいですね」

顔を引きつらせながら、すぐ飲み込んだ。

私は田舎っぺなのだ。十八まで、愛媛の山も海もある場所で暮らしていたのだ。大学はもっと田舎、鳴門の海にもよく遊びに行ったし。

自然のいいとこ取りしてきたのかな。考えすぎなのかな。

綺麗だなあなんて思える自然は、人間の手が入って丁度良い塩梅に整えられた場所だったのかなあと思ったりして、思いっきり打ちのめされたのだった。

「自然」と聞いて、好きな場所がある。それは瀬戸内の島々だ。高松からフェリーを乗り継いで行ける女木島《めぎじま》、男木島《おぎじま》、豊島《てしま》、直島、小豆島、犬島などなど。瀬戸内国際芸術祭で数年前に訪れてからというもの、一年に二回くらいの頻度で訪れている。湖なのか海なのかというくらいの穏やかな波。自転車で回れるくらいのミニマムな島。人々の人懐っこくて温かいウェルカムさ。ぽこ、ぽこっと出ては引っ込む小ぶりな山々。暖かく何でもよく育つ無邪気な大地。沖縄や岐阜の圧倒的な自然と比べると、マイペースで、かわいくて、憎い瀬戸内の自然よ。

そうして、ああ、私はやっぱり瀬戸内海規模だったんだなあ、としみじみ思うのだ。

生まれ変わり

「あなた、手相見せてください」

ん？

どこからか切羽詰《せっぱ》まった声がする。

この間、浅草の駅前を歩いていたときのことだ。

不審に思ってキョロキョロ辺りを見ると、私の隣を歩いていた友人の向こう側に座る占い師と目が合った。道の端っこ、椅子に腰掛け小さな木の机には分厚い本を出して。よくある街角の占い師さんだ。私にだけ、なぜか彼の声が届いたみたいだ。友人は全く反応せず、私を残して歩いて行く。

「お姉さん。いいの出るよ」

私が気づいたのを良いことに男はどんどんアタックしてきた。

いいの出るって、宝くじじゃあるまいし。一瞬立ち止まったけれど、また友人を追いかけて私も歩き出した。

「え、何々？　声かけられたの？　声かけてくる占い師いるんだね。怖いねー」

「ねー。怖いねー」

そんなことを友人と喋りながら、でも、止まって手を差し出していたら本当にすごいのが出てたんだろうか。今すごい波に乗れるチャンスだよとか言われてたんだろうか。神谷バーの前を通りながら、あれこれ喋る友人の話が右から左に流れていった。

自慢じゃないけど私は、よく占い師に声をかけられる。渋谷や新宿なんかを一人で歩いていると、

「すみません、手相見せてもらえませんか」

とか、

「占いの勉強中なんですけど、占わせてもらえませんか」

とか。どんだけ占い師おるの。と突っ込みたいくらい声をかけられる。よっぽど負のオーラを背負っているのか、はたまたよほど引っかかりそうなぼんやり感が漂って

いるのか。

「髪を切らせてもらえませんか」

とか、

「ファッション雑誌に載せたいんです」

とかなら、かっこいいのに、

「占わせてください」

だ。もしかして手当たり次第なのかと思って友人達に聞いてみたけれど、そんなこと聞かれたことは一度もないと言う。となるとやっぱり私、選ばれし人なんだわ、と変に得意気になったりもする。一度くらいついて行ってみても面白そうなのだけれど、高橋家の教育の中に、人を無暗に信用してはいけないというのがある。なので、大人になった今も好奇心よりも警戒心が勝っているという感じだ。


そうは言うものの、本当は占いが好きだ。一年に二回は行く。けど、本気で人生に迷っているときには行かないことにしている。「占いなんて一種のゲームだからねー」くらいのスタンスで行かないと、えらいことになるからだ。何でも占いのせいにしてしまうし、自分の人生を自分で決められなくなる。だから、基本は親とか親友に相談して、あとは野となれ山となれの勢いで自分で決める。私にとって占いの面白さは、ちょっとしたスリル感だ。「この人、また当てた！」とか「だよね、これで良かったよね」とか、結局自分のいいように背中を押してもらうためのものなのだと思う。

タロット占い、四柱推命、姓名判断、生年月日占い、手相、いろんな占いをしたけれど、どんな占いよりも私を震え上がらせたのは、霊媒師だった。

奥多摩、東京の端っこの町に、その霊媒師のおじいさんは住んでいた。都内から電車を乗り継いで二時間。三年ほど前、興味本位で友人と行ってみた。日本昔ばなし風に、山奥の掘っ立て小屋に一人で住んでいるのかと思いきや、鳥が囀《さえず》る、綺麗な二階建ての家におばあさんや家族と一緒に住んでいて、いきなり拍子抜けした。

でも、出てきたおじいさんを見て確信した。これぞ本物、という感じだったからだ。長い爪、骨の出た細い腕、顔中に刻まれた皺としみ、袋のような目の下のクマは、違う世界の者と喋りすぎた苦悩の深さを表しているに違いなかった。とにかく、おじいさんからは、ただならぬオーラが漂っていた。

座敷に案内されるやいなや、お菓子を出してくれた。

「このお菓子ね、美味しいんですよ。さ、食べてください」

これは、ますます本物の匂いだ。こんな可愛らしいところを見せておいて、もう私の守護霊と話しているに違いない。

私たちは、恐る恐るお菓子を食べ始めた。うん、なるほど美味しい。しっかし、見れば見るほど、深い顔をしていらっしゃる。一体どんな人生を歩んできたら、こういう表情になるのだろうか。聞くにお年は八十六歳だという。もしかして、この森に住む仙人なんじゃないのか。私が到着する十分前に、おばあさんと家をドロンと出して、土団子でお菓子を作って……変な妄想が膨らむ。

そしてついに、じいさんの口が開いた。

「あなたね、落ち武者が三人もついて来ていますよ」

「ギャー!!」

「キャー!!」

私たちは、後ろを見た。誰もいない。見えるはずない。

「今日ね、私に会いに来るの知っててついて来たんでしょうね」

何事もなかったかのようにやさしく続ける。

「え、毎日私の後ろにいるんですか？　あの、私、城巡りが趣味なんですけど、それも後ろの人達のせいなんでしょうかね」

「まあ、それもあるかもしれませんね」

　そこは曖昧なんだ……。

「あなたのお家ね、武家の家系でしょう」

「いえ、ずっと農民だと思いますけど」

「お母さんの方はどうですか？」

「どっちも農民やと思います」

「いやー、どちらか武家だと思いますよ。聞いてごらんなさい。しかも、お殿様の重臣だったと思います」

　ただでさえ怖がりの私は、今すぐ布団にもぐりたい気分だった。この落ち武者が災いをもたらす原因であることを、おじいさんは懇々と語った。

「四国といえば源氏と平家ですよね。この人達、平家の落ち武者かな。えーと。香川県でしたかね合戦があったのは。源義経率いる源氏の奇襲攻撃ねー。あれはー大したもんですよねー。壇ノ浦でしたかね。あれはー四国とは関係ないか。でももしかしたらそんな昔じゃないかもしれませんねー。お国は？　はあはあ、愛媛、それなら平家の落ち武者がたくさん逃げ延びて住んでいたでしょう。ははー。それならやっぱりその筋の……」

　スイッチが入ったら止まらない。永遠に歴史の話。私以上に歴史おたくのおじいさんは、ついには自分が行ったことのある名所巡りの話までし始めた。占いじゃない。完全に趣味の話に変わっているではないか。そして話し疲れたじいさんは、我に返り、

「では、お隣で三人に話を聞いてきます」

と仏壇のある隣の部屋に移動し、何やらぶつぶつ話をし始めた。数珠を擦り合わせながら、うっすらと相槌を打ったり、念仏も唱えたり。初めて見るその光景に、私達は目を白黒させた。

「さあ、わかりましたよ」

三分ほどすると、疲れた様子もなく晴れ晴れとした表情で、私達の方に戻って来た。

「やはりね、何かしら恨みを持っているようで、成仏できていないみたいですね。その昔、戦国時代頃でしょうかね。戦いの中であなたの先祖にやられたみたいですね」

もう、何が何だかである。農家だって言っているのに。私の家族に仕返しをされるのは御門《おかど》違いだ！

「で、どうすればいいんですか？　お寺とかに行ったらいいんですかね？」

「いいえ。他の人に拝んでもらっても意味がないでしょ。この方たちはね、あなたの家族に供養してもらいたがってますよ。あなたの家のお母さんに拝んでもらってください。毎日一回。三人の名前をここに書きますからね」

名前？　まさか……である。じいさんは、メモ帳におおよそ現代にはないであろう清右衛門さんとか武右衛門さんといった名前と名字を書き始めたではないか。嘘をついているとすれば、相当なエンターテイナーということになる。

「いいですか。この方たちの成仏をお祈りしてもらってくださいね」

「は、はい、わかりました」

母が、こんな話信じるのだろうか。リアルな一部始終を目撃した私でさえ、まだ半信半疑だった。

一時間半のディープな話の後、友人の占いは二十分で終わった。「あなたは何の問題もありません」。羨ましいけど、それはそれでつまらなそうだった。

家に帰って急いで実家に電話してみる。

「お母さん、私んちってずっと農家よなあ」

「うん。そうじゃ」

「お母さん側も農家よなあ」

「うん。多分そうじゃと思うよ」

ほらほらー。やっぱ農家じゃーん。ほっとして、今日の占いのことを話す。ふむふむ。でもいやに真剣な母。

次の日、母から電話がかかってきた。いつになく真面目だ。

「久美子、おばあちゃん（母の母）に聞いたらな、どうやら武家の家系だったらしいよ」

ザーッと音を立てて足元から鳥肌が立っていくのがわかった。

「土居に渋柿城っていうお城があってね、そこのお殿様の直属の家臣だったみたいよ」

「え……で、でも、掛け軸とか鎧とかお皿とか何も残ってないやん」

「なんかね、おいちゃん（祖母の弟）達がお遊戯会とかで裃を使ったり、普段の遊びに使ってぐちゃぐちゃになったから捨てたらしいよ。お皿も割れたとかいよったな」

「……。へー」

なんちゅうアホな高橋家だろう。まあそれはいいとして、災いをもたらされては困る。母に毎日お線香を上げてもらうことになった。家の仏壇でするのも変だし、気持ちの問題だからということで、違う場所に簡易の仏壇を作って、毎日拝んでもらうことに。

半年くらい経って実家に帰ると、母が毎日のように簡易仏壇の前で拝んでいる。そっと聞いてみると、

「清右衛門さん、武右衛門さん、助左衛門さん、先祖の無礼をお許し下さい。どうか成仏してください。それから、長女陽子の子が無事生まれてきますように。次女の久美子は東京にいるのですが安全に暮らしていけますように。末っ子の美佳は徳島にいるんですが事故などありませんように見守っていてください。父の……えーと夫の……」

呆れた。家族七人分の後に、弟家族、母方の祖父母、父方の弟家族のことまでお願いしているではないか。供養の時間よりはるかに長い。さすが我が母だ。

いつの間にか落ち武者は恐れおののく存在ではなく、家族みたいになっていた。おばあちゃん家に遊びに行くと、祖父母も仏壇に向かって拝んでいた。姉妹の会話の中にもよく「武右衛門さん」という言葉が出てきて、笑いが起こったりした。私はお城に行くときは「今日は小田原城やぞー」とか「今日は丸亀城やぞー、懐かしいやろう」とかいう気分になった。絶対に喜んでるんだろうなーと、ほくほくした気分になりながら兜や鎧を見て回った。

一年半が経ち、もう流石にいいだろうと、再び奥多摩のおじいさんのところに行ってみた。すっかり三人の霊はいなくなっていた。成仏したのだろうということでほっとした。何百年という長い長い三人の恨みが解消されたのなら、母の一年の供養は無駄ではなかったと思う。というか、あの煩悩だらけの供養で大丈夫だったのかな。きっと届いたのだろうな。

彼らの魂はもうちょっとしたら生まれ変わって現代の世に人として帰って来るのだろうか。それならば、会ってみたい。次は敵同士ではなく平和な世の中で、一緒に歴史でも語り合ってみたい。城を巡って天守閣から町を見下ろして、ああだこうだと言葉の戦を。

「あなたね、小説家になんてなっても売れやしませんよー。あのね、サスペンスみたいの書いてください。私ね、火曜にやってるサスペンスね、あれ好きなんですよ。こないだもね、この辺りにロケに来てね。その奥多摩でね。撮影してて見に行ったんですよねー。犯人はね、この人かなーと思っていたら違ってたりね……」

この間、奥多摩のおじいさんのところへ行ったら、永遠にサスペンスの話だった。

落ち武者三人事件。あの話は本当だったのか。未だに疑いたくなるほど、普通のじいさんになることも多々あるのでご用心。

オレンジ色のフィレンツェ

数年前の冬、友人とヨーロッパを一カ月ほど旅した。宿も決めずにバックパック一つの弾丸旅行だ。リゾート風の高級ホテルに泊まるよりも、断然私はこういう貧乏旅行が好きだ。より地元の人に近い目線で町の息遣いを感じられるからだ。地元の人が集まる店で、同じようなご飯を食べて、大した観光もせずにぶらぶら町を散策していると、その町がどのように人々から愛されているかがわかる。

町と人の関係性、人々の生き方、顔つき、そういうのを見るのが好きだ。そして、少しだけその中に溶け込める瞬間を味わえたら、その旅は満足だ。

大寒波が来ているというのに私たちは勇ましく、まずはイタリアに行った。

ローマはどこに行っても、教会と宗教画のオンパレードだった。最初は、コロッセオもヴァチカン美術館もサン・ピエトロ大聖堂もトレビの泉もフォロ・ロマーノも、国立近代美術館もサンタ・マリア・イン・コスメディン教会も「へー」「ほー」「すごいなー」と見ていたのだ。しかし、これが日常になってくると珍しさがだんだん薄らいでいく。どこまで行ってもザ・観光地で為す術がなくなっていた。夜のオペラに行ってみるも友人は隣で爆睡。確かに面白いかどうかと言われると……眠い。

旅の楽しみである食事だが、適当に入ったレストランは七割の確率でハズレだった。一番酷かったのは、なんとチキンライスがクレヨンの味だった。一口食べて、ひや汗かいて、周りを見渡すとみーんな美味しそうに食べている。夢だったのね、ともう一口。やっぱりクレヨンの味だ。ニョッキも、サンドイッチもことごとくハズレだった。途中から諦めて、ガイドブックに載っている店に行くことに。美味しい。これこれ。こういう日本人好みの店って地元の人はいないんだろうな、と思いきや、来ているのだ。クレヨンから日本人の舌まで。一体どうなってるんだイタリア人の味覚！　ティラミスとエスプレッソだけは、どこに行っても美味しかった。

私たちはフィレンツェに向かった。フィレンツェといえば、あのバカでっかい教会、ドゥオーモである。もう教会はいいかな。ローマで散々観光していたので迷ったけど、京都に来て清水寺に行かないようなものだろうと思い、行くことにした。

圧感だった。行って正解だ。参った、と思った。中の壁と天井は、モザイク画という、砕いたタイルを貼り合わせて描かれている。カラフルだけれど繊細で、触りたくなる質感。そこに描かれたマリア像の笑うでもなく、泣くでもなく慈悲に満ちた強い顔。

螺旋階段をどんどん上って上へ上へと行く。天井が狭くなり円形の部分に入り込むと、地面が斜めになって平衡感覚が取れず気持ち悪い。不思議な感覚。階段の、開けた一角から一階のミサの風景が見えた。パイプオルガンの音と賛美歌。集まったたくさんの市民が、祈りを捧げている。私は我に返った。そうだ。ここは教会なんだ。観光客がうじゃうじゃ押し寄せるこの美しい建物の、本当の姿を見た。声を出さずに、私達も黙々と上った。

三十分くらい上っただろうか。急に風が通りぬけ明かりが射した。屋上に出てみると、吹き飛ばされそうなほど強い風だった。一望できた。オレンジや随分上まで来たんだなと思いながら、恐る恐る下を見るとフィレンツェの街並みが一望できた。オレンジや茶のかわいらしい屋根。一つ一つの歴史が連なって、街が出来ている。ここに住んだ人の力でこの建物を建てたんだな。そして改装を重ねながら守り続け、今も人々の生活の中心にあるのだ。その証拠にたくさんの市民が集まり、今日もミサが行われている。

また来た道を下り、写真を撮りまくる観光客の後ろの方から、複雑な気持ちで少しだけミサを見て、すぐに教会を出た。こればかりは私達が興味本位で入っていけるところではない。信じている者だけしか入ってはいけない、そんな見えない「境界線」があった。賛美歌が、どこまでも響いていた。

さーて、メインステージもクリアしましたし、あとはお買い物でもしましょう。私たちは、鞄屋さんや靴屋さんを見て回った。そう、フィレンツェといえば職人さんの町。小さな路面店が軒を連ねずらーっと立ち並ぶ。いくらバックパッカーといえども女子だ。小道に入ると、こちらにもお店、また一本入るとまたこちらにも、という感じでハンドメイドの職人さんのお店が至るところにある。私たちは鞄や靴、それにワインとチーズをたくさん買って、満ち足りた気分でゲストハウスへ戻ることにした。

そういえば、最近生ハムとパンばっかだね、ということで途中の路面店にあった果物屋さんに入ってみることにした。置いているものが違うのと、お店のおばちゃんの瞳の色が違うだけで、あとは日本の八百屋さんとよく似ている。籠に入った桃や、大きな木の箱に盛り上げられたグレープフルーツ。キウイ、ライチ、グレープ、カラフルな色合いが楽しい。

真っ先に目に入ったのが、グレープフルーツの隣にこれでもかと積み上げられたオレンジの山だった。愛媛出身の私は、いつもならみかんなんて見るのも嫌なほどなのに。みかんは、実家から送られてくるもの。買うものではない。しかし、ここにきてオレンジが無性に食べたくなっていた。家に帰れば腐るほどあるというのに、あのオレンジ色がDNAに訴えてくる。手に取ると温州《うんしゅう》みかんと違って、それだけでオレンジが香《かお》ってきた。胃袋も疲れていることだし、いくつか買うことにした。

おばさんは無愛想に椅子に座ったまんま出てこない。どこにでもこういう町の果物屋さんあるんだなと可笑しくなる。

「エクスキューズミー　オレンジ　3ピース　プリーズ」

と呼びかけると、やっと立ち上がってこちらに歩いてきた。しかし、どうやら英語が通じないらしい。おばさんは、イタリア語でペラペラ喋ってきた。私、イタリア語はわからない。でも指で「3」としているので、どうやら通じたみたいだ。

「オーケー」

そう言って、包んでくれるのを待とうと違う果物を見ていると、いきなりおばさんが大きいナイロン袋を押しつけてきた。え？　みかんぎっしり入ってますけど。また指で3とする。何？　何？　まさか、三キロですかー！

「ノー、ノー、3キログラム　ノー」

私は袋の中からみかんを三つ出して、これだけ欲しいのと見せた。

おばさんは明らかに怒っている……。

「うちはね、そんな、ちまちました売り方してないんだよ。あんた、さっき3キロ買うって言ったじゃないかい！　ええ？」

どこの国もおばさんのパワーはすごい。

気づいたら袋を持って歩いていた。どうやらたっぷりおまけしてくれたらしい。明らかに三キロ以上入っている。重い。ワインも二本買っちゃったし重いよー。こりゃあヴェネチアに移動するとき困るなあということで、スーツケースを買った。そこに、ワインとみかんをぎっちり詰め込んで移動する。

誰も想像できまい。このスーツケースの中身を。私は、みかんとワインしか入ってないスーツケースを引いているんだ。外から見れば大切な物が詰まっていそうなのに、中はみかん。何てユーモラスで身軽な旅だろう。

押し売りに近いオレンジは、想像以上に瑞々しく美味しかった。私達は、朝オレンジを食べるのが日課になった。皮を剝くと、オレンジ油がしぶきになってふわっと飛び散り、手を一日中爽やかな香りで包んでくれた。濃い味の食事ばかりで疲れていた胃袋が、一番欲していた食べ物だったようだ。

チップにもオレンジを添えた。レストランでも、ワインバーでもゲストハウスでも、トイレでも、どこに行ってもスーツケースを開けてオレンジを取り出し手渡す。はい、これも食べてね、と。みんな不思議な顔で私達を見て、「グラッツェ」と微笑んだ。

そして、

「何々、どうしたのこれ？」

「実はね…」

「えー！　ひどーい」

というように、笑い話へと発展していくこともあった。

毎日食べても飽きないオレンジ。イタリアで、美味しいものも不味いものもいろんな物を食べたけれど、あのオレンジの味が一番忘れられない。何の変哲もない、日本にもありそうなオレンジなのに、あれほど美味しいオレンジを帰ってからも食べたことがない。体を潤すように、異国の地でのストレスを流していくように、自然に私の体に染みこんで癒してくれた。これが私にとってのイタリアの味。太陽と海の潮風をいっぱいに浴びて育った、無邪気で気取らないオレンジ。手渡す誰をも笑顔にすることのオレンジこそが、私をこの国と結びつけてくれる旅の鍵となったのだ。

言葉は大事だよ

オーストリアに着いて真っ先に行ったのは、モーツァルトの生家だった。子どもの頃作曲した譜面や、使っていたバイオリン、チェンバロ、本物が目の前にある。大学時代に、オーケストラ部に入っていたこともあり、何気にクラッシックも好きな私はノックダウンされてしまった。興味ない友達は入り口の椅子に退屈そうに座っている。私は大まじめに、半分しかわからない英語の解説を全部読んで回った。

でも、結局今でも一番心に残っているのは、モーツァルトが幼い心身をすり減らしながら、三六五日演奏旅行を繰り返していたということだった。そうだよな。華やかな面しか教科書には出てないけど、当時の馬車での旅路は想像を絶するものだったに違いない。天才にはその才能ゆえの苦悩があるのか。妙にしんみりとした気分になる。

そんなこんなで散々モーツァルト巡りをした後、ザルツブルク城に行った。岐阜城並に山のてっぺんにそびえ建つこの城は、外観は「ザ・中世の城」だが、どことなく日本の城と似ていた。大砲の筒を入れて攻撃するために壁に穴が開けられていたり、敵が侵入しづらい迷路状の入り組んだ通路、薄暗く気味悪い感じも同じである。戦の砦として作られたのだから、当然かもしれないが。城マニアの血が騒ぎ出し、またも や細かく見て回っていると、いつの間にか夕方になっていた。そろそろお腹が空きましたねということで、城を出ると辺りはオレンジ色に包まれていた。山の頂上から見下ろす雪に覆われた家々はまるでおもちゃのようで、点々と灯り始める明かりは、町の呼吸のように感じられた。はー。ここから同じように王様やお妃様もこの町を見たのかしら。

感動まったただ中、モーツァルト風のかつらを被った、いかにも観光客狙いの男性にチラシを渡された。この城に似合わないポップさ。

「明日お城でモーツァルトディナーショーやりまーす」

これは行くしかない。少々怪しさを感じつつも、好奇心が勝ってしまった。

私は半ば無理やり、次の日もお城とモーツァルトを敢行すると決めた。

次の日の夕方、城に着くと、魔女が住んでいそうな薄暗い廊下を進み、奥のダンスホールに通された。披露宴会場のように並べられた丸テーブルの上で、キャンドルが揺れている。私達以外はドレスアップしたマダムばかり。大して着替えも持って行ってない私達は、ジーパンのまま、ステージの前の方の丸いテーブルに案内された。しばらくすると、前菜とシャンパンが運ばれる。男前のボーイさんがシャンパンをついでくれ、乾杯。長細い皿に綺麗に盛り合わされた前菜を口に運ぶ。

「何かちょっとしょっぱいね」

ぶつくさ言いながら食べていると、ドレスアップしたオペラ歌手が出て来た。地元の人だろうか。ちらしのお兄さんみたいにやっぱり、時代劇風にかつらをつけている。どうやら彼がモーツァルトらしい。

そして、もう一人出てきた……。

二度見した。なんと、ヒロイン役は日本人女性だったのだ。どこからどう見ても、日本人。何だか、従兄弟《いとこ》と同じクラスになったような拍子抜け感に、私達はとにかく食べた。もぐもぐ食べた。オーストリアで頑張っている日本の女性。素晴らしいではないか。歌もとってもうまい。でも、こういうときの知り合い感はそう簡単に抜けるものではない。会場に三人の日本人。モーツァルトの彼女が日本人というありえない設定に、私はちっとも集中できず、ひたすら飲んで食べた。

しかし、料理はやっぱりしょっぱい。運ばれてくるもの全て。

「ね、しょっぱくない？」

私はもう一度友人に聞いた。

「しょっぱいね」

小声で友人も言った。モーツァルトと日本人の彼女は、高らかに歌い続けた。

この辺りで、ようやくボーイさんが味を聞いてきた。

「お気に召しましたか？」

私は言いたかった。

「塩っ辛いです」

塩っ辛い。塩っ辛い……何て言うんだろう。

「トゥーソルティーでっせ」

伝わらない。塩を少なくしてほしいです。と言いたい。

「ソルト…ダウン？」

え、塩を落とすんですか？　男前のボーイさんは塩の入った瓶をテーブルから落とすジェスチャーをする。

いやいやいやいやいや。落としたら割れるでしょう。だから、えっとー。ソルトをリトルにー。違うな。だからー。ソルトをーアフューにー。だからー。しょっぱいんだよ

――！

お兄さんは、変な日本人につかまり困惑を隠せなかった。オペラはいつの間にか、十分間の休憩に入っていた。困り果てたお兄さんは、ここ一番のやさしさを振り絞って、

「オーケー、日本語喋れるスタッフを連れてくるね」

とウィンクした。

日本語と聞いて嫌な予感はしたのだ。

二分後、後ろの扉が開いて結婚披露宴みたいに、ドレスを引きずりながら日本人が入ってきた。それはどこからどう見てもさっきの主演の女性だった。私は見なかったふりをした。会場は明らかにざわついている。さっきまでステージにいた人が、いきなりそのままの格好で入ってきたのだ。女性は私のテーブルの横に止まると、

「どうしました？」

と懐かしい日本語で尋ねてきた。

もういい。ソルトなんてどうでもいいから、ステージに戻ってください。

「あの、あの、大したことじゃないんです。料理が、しょっぱいんです……ちょっと」

私は少し笑ってみた。

大注目の中、彼女は真面目な顔で言った。

「ソルト　レス……ですね」

「あ、はい。レスですね、レス」

そう言うと、彼女はまたドレスの裾を擦りながら花道を帰っていった。

「レスか。あっははは。レスやな、レスレス。なんで思いつかんかったんやろなー塩は個数じゃないからレスやんなあー」

私は青ざめてシャンパンをがぶ飲みした。

休憩が終わり、何事もなかったかのように彼女はまたステージに登場した。しかし、前の方の席なので、見ているとどうしても目が合う。気まずい。彼女も気まずそう。意識すると余計に目が合う。何なんだ。この感じ……。

私と彼女は、目が合う度にお互いにフッと視線を外すという中学生の男女みたいなことをしながら残り一時間を乗り切った。

料理はというと、塩気ゼロになっていた。塩辛い方がましです。とは口が裂けても言えなかった。

クロアチアのご飯

クロアチア、ザグレブの駅で私達を迎えてくれたのは「高橋さん」という画用紙を持った背の高い男前だった。私のマヌケ顔がみるみるうちに綻《ほころ》んでいくのがわかる。

突然、なぜユーロ圏でないクロアチアに行くことにしたかというと、ザグレブに知人の友達がいたからという単純明快な理由だ。一見アフリカっぽい見慣れない国名にも惹かれた。全く予想できない生活に飛び込んでみたいという衝動。この旅の最後に、きっと良い思い出ができるに違いない。

なんて、出発前には思っていたけれど、実際は、電車の窓から見える雪にも飽き飽きして、書くこともなくなって、乗客と話をする気力もなく、もはや寝ることもできず、私は電子辞書についていたＩＱテストのゲームをひたすらやっていた。夜行列車でウィーンからスロベニアを経由してザグレブに向かっていた。人もだんだんいなくなっていく。ドボバでポーンとパスポートにスタンプを押され、またしばしゲームに没頭していると、サブスキーマルフでポーンとスタンプ。六時間くらい揺られただろうか。よれよれで降り立った二人を迎えてくれたのは、背丈も目も鼻の高さも私の二倍くらいある、俳優みたいな青年、ボリスだった。知人が紹介してくれた肝心のニーナが、雪による交通ストップにより、大学のあるスイスから帰って来れないということで、彼氏のボリスが迎えに来てくれていたのだ。とにかく背が高い。一九〇センチ以上ある。なのに顔が小さい。そして、やさしさがさりげない。言うことなしである。で、今日はどこに泊まるんやろう……私達は黙って背高ノッポの後ろをてくてくついて行った。

クロアチアはなんとマイナス二十五度だった。イタリアやオーストリアも寒かったけど、ここまでくると寒いという言葉は出てこなくなる。真冬になわとびをしていて、パシッとふとももに縄があたる、あの痛みを思い出す。スニーカーでは太刀打ち出来なくなって、赤いチェックの長靴を買った。雨降りの日に子どもが水たまりに飛び込むように、無敵になった私は、怯えることなく雪にダイブしたのだった。

ザグレブにしばらくいて、一番感じたことは人の温かさだった。ホストファミリーをはじめ、みーんなやさしい。日本人が珍しいというのもあるだろうけれど、それにしても時間の流れがゆっくりしていて、他人の心配をしてあげられる余裕のある町だった。日本人二人だけで歩いていて、迷っていたら必ず誰かが声をかけてくれた。イタリアの果物屋さんとはまるっきり違う。みんなきちんとコミュニケーションを取ろうとしてくれ、過ごしやすかった。

ある日、日曜市に出かけると薬草を並べているマーケットがあった。乾燥させた葉や花を綺麗にラッピングして売っている。クロアチア語しか喋れない薬草売りのおばあさんは、ジェスチャーだけで必死に私の質問に答えてくれた。お腹を押さえて、顔をしかめて、手に持った薬草を飲むふりをする。そして、次の瞬間もう治ったよーというニコニコ顔。どうやらこれは腹痛に効くのだとわかった。こちらは、お腹じゃなくて子宮の薬草。これは切り傷に効くよ。これは頭が痛いとき、これは手先の冷え。次々と一人舞台は続く。周りの人も楽しげに笑っている。言葉なしでこんなに伝わるのだ。お腹に効くらしい薬草と、切り傷用の黄色い塗り薬を買ってみた。クロアチアの物価は安くて、日本の三分の一くらいだったと思う。帰ってボリスに聞くと、この黄色い塗り薬はクロアチアの万能薬で、昔から使われているものだという。乾燥とか虫さされとか本当に何でも効くよと言っていた。そして、薬草の方を見るとクスクス笑う。何？ と聞くと、それはまあ日本に帰って飲んでみるとわかるよというので、はて？ と思いながら鞄にしまった。

二日後、ニーナが無事スイスから帰ってきた。ニーナは私より大分小柄な、これまた、びっくりするくらいの美人さんだった。しかもやさしくてお洒落で面倒見もいい。ニーナと町を歩くといろんな人から声をかけられる。「ニーナおかえり、いつまでこっちにいるの？」「久しぶり、元気にしてた？ この日本人は誰？」と。さほど詳しく知人に聞かずにやって来ていたのであまり飲み込めていなかったが、ニーナは一体何者なんだろう？ まあいいかー。ザクザクと雪を踏みしめ歩いていく。ふと、映画館の前を通りかかったとき、「このポスター私がデザインしたの」とニーナがビルの上を見上げている。

顔を上げて驚いた。それは、町の掲示板に貼られているちらしレベルではなかった。映画館の屋上にでかでかと掲げられた宣伝用の看板。ウエディングドレスを着た花嫁に何やらキャッチフレーズが添えられていて、数十メートル離れたところからでも目につくくらい目立っていた。よく見ると、彼女がデザインしたものが町の至るところにあるではないか。ニーナはデザイナーだったのだ。どうやら大学も、デザインの学校らしい。私は知らない土地の知らない誰かの人生にお邪魔していることに気づいた。せっかくの休みを、見ず知らずの私達に費やしてくれることに申し訳ない気持ちで、でも皆に呼び止められるような彼女だからこそ、受け入れてくれたのだろうと、その人柄の良さをひしひしと感じていた。

ニーナもボリスも私と同世代だったので、私達四人はいろんなところへ行って遊んだ。例えば、最近新しくできたというクロアチアのクラブ。周りは田舎で真っ暗なのに、そこだけビカビカしている。宇宙船色した卵型の建物、アルミっぽいキラキラした壁や内装。まず、みんなスタイル良すぎる。ロシア系の男前さん美人さん勢揃いで、日本人の我々は浮きまくりだった。でも、エレクトロニカ系の音楽がガンガン鳴り響く中、ヘロヘロになるまで踊った。やはり日本人が珍しいのか、ニーナが他の子と踊りに行っている間に、いろんな人からたらふくお酒をご馳走になってしまった。

深夜三時、心配したニーナのお父さんブランコが、クラブまで迎えに来た。なんて微笑ましい。クラブにお父さんが迎えに来て、しかも娘は帰りたがらない。久しぶりに地元の友達と会ったんだからそりゃ遊びたい気持ちはわかるけど。ボリスと私達だけがブランコに連行されて、すごすごと家に帰った。

音楽といえば、ニーナが帰ってくる前日、三人でライブハウスにも行ったのだ。八時から始まるということで七時半に行ったのに、始まったのは十時。それまで呑みに呑んで、始まる頃には全員ベロベロだった。おまけにみんな背が高く、全然前が見えない。

ボリスがどこからかビールケースを持って来てくれ、

「くみこ、ここ乗りな」

と言ってくれた。

お、見える見えるー！　ベロベロに酔ったおっさんがビール飲みながら熱唱している。その人が拳を上げると、観客も吠える。こ、これはかなり過激ですね。あちらこちらでビール瓶がガシャーンと割れる音。何、何……。この人がクロアチアの大スターなのか？　ヒッピー風の白髪交じりのおっさんが、ステージでまくしたて叫ぶ。言葉はわからないけれど、みんなの目が血走っていくのがわかる。

「ヒャ！」

次の瞬間、私は、隣のモデルみたいな美人女子にビールケースの上から突き落とされた。そして彼女は、私をキッと睨みつけるとその上に立った。「ちょっとお姉さん、背高いんやからそこに登らんでも見えるやん」悲しい気分になっている私をよそに、全員で拳を振り上げながらの大熱唱。これは異様な空気だ。デモのような感じ。軍歌のようにも思えた。

三人は少し早めにライブハウスを出た。ボリスは、

「正直、僕もよくわかんないんだよね。ニーナのお勧めだったけど……」

と首をひねった。うん、私もよくわかんなかったよ、あのおじさんに何で若い子がここまで熱狂するのか……と言った。

クロアチアの家族はすごく仲がいい。ボリスもまるで家族のように、普通にニーナのお父さんと話をして、ニーナがいないときにも一緒にご飯を食べる。ご飯は三食とも殆ど家で皆揃って食べた。お母さんがいないニーナの家では、なんとお父さんのブランコとボリスが作ってくれる。イタリアに比べて毎日の料理が楽しみで仕方ないくらい美味しかった。中でも、ブランコお手製のミネストローネとラザニアはヨーロッパを旅した中で一番美味しかったかもしれない。書きながら、私は今すぐクロアチアに行きたい気分。

主食はでっかいでっかい顔くらいある丸いドイツパンとウィンナー、それに足みた

いにでっかいでっかいチーズだ。

夜中、お腹がすいたらボリスが、「パン食べるー？」とそれらをホットドッグやサンドイッチにして持って来てくれた。一緒の食卓でご飯を食べていくごとに、私達は家族に近づいていく感じがした。お客さんという感覚から、「ちょっと手伝ってー」と呼ばれる娘に、少しだけなれた気がする。

ある夜、ブランコがとっておきの赤ワインを出してくれるという。近所の人が作ってくれて寝かしておいたものらしい。それを私達のために開けてくれるというのだ。そんな貴重なものいいの？　と聞くと、今日が開けるのにはぴったりな日だとクロアチア語で言っているのが身振りでわかった。

ワインは、ほんのり甘くてボルドーくらい濃厚で、なかなか美味しい。私達はぐんぐん呑んで、いい気分になった。普段、無口なブランコが、

「君達に見せたいものがあるんだ」

と言いながらリビングをいそいそと出ていった。ニーナが、お父さんね、骨董品集めるのが趣味なの、と耳打ちしてきた。しばらくして戻って来たブランコの手には、急須が。

「これは、ヤーパン（日本人）が描かれているだろう。これキモノだろう？」

きっと私達を喜ばせたかったのだろう。でも、描かれていたのは明らかに韓国人だった。

「ノーノー。ディスイズ、コーリヤ」

何だって！　と驚いているブランコ。だって明らかにみんなチマチョゴリを着ているじゃないか。がっかりしたブランコは、

「じゃあこれもコーリヤなのか？」

と寂しそうに湯呑みを持って来た。

「そ、そうだねー」

可哀想だけど正直に言った。

「でも、これ安かったんだし、いいじゃない」

ニーナとボリスが慰める。どうやらガレージセールで買ったらしい。聞くと、これもこれもこれもと電話やコート、カーテン、食器、部屋中の殆どを指さす。クロアチアは日本みたいに裕福な国じゃないから、殆どガレージセールでみんな交換したり安く貰い受けたりするのよと教えてくれた。それかH&Mね、と笑った。当時、H&Mなんてものを知らなかった私は、クロアチアのユニクロかしら、くらいに思っていた。

四人が話をしている間に、ブランコはまたリビングから姿を消した。しばらくして戻

って来たブランコの手には、また急須が。

「どうだ、これはヤーパンだろ？」

間違いない、今度は日本人だ。そこに描かれていたのは、着物を着た浮世絵風の日本人だった。ほっとした。

「うん、うん、これはヤーパンだよ。これはキモノ！」

今度は当たったぞー、とばかりにブランコは赤い顔で喜んだ。

この旅がなければきっと一生交わることのなかった、名前も知らなかった国の家で大切なワインを飲んでいる。政治でも、経済でもなく、急須に描かれた浮世絵の話をしている。旅のクライマックスのように感じた。

次の日、私達四人は市内に最近オープンしたという現代美術館に行った。何回かバスを乗り換え、雪が降りしきる薄暗い昼下がり、凸凹カップルと日本人二人の不思議な四人組が行く。

現代的な巨大な建物は、雪の中にズドーンと落とされた隕石のようだった。宗教画を見飽きていた私達にとって、この新しい建築物は胸を高鳴らせた。

作品を見ていくうちに、私が少しずつ感じていた「戦争」という影の部分が浮かび上がった。この国は、最近まで戦争による被害を受けていたのだ。そのことは日本で調べてきていたから知っていた。でも、その後作られたアートにここまで影響を与えているとは思いもしなかった。絵画に使われている色は混沌として、濁った色が多く、ダイレクトに戦火をモチーフにしたものも多かった。造形物も写真も、どことなく暗く、デモンストレーションを表しているように感じた。タブーかもしれないと思っていたことを聞くべきときなのかもしれない。そのときそんな気がした。

クロアチアは、一九九一年までユーゴスラビアの一部だった。領土や歴史的背景も関わり、東欧革命以降、独立を目指した紛争が始まる。何百年という長い長い年月の中で起きた、領土を巡っての争いの最終戦争だった。多くの犠牲を払い、そして今もなお多くの難民問題を抱えながら終結。クロアチアは独立を勝ち取る。

家に帰ってから聞いてみた。

「やっぱり紛争のことがすごくアートに出ている気がしたよ」

二人の顔は少し曇った。

「そうね。まだまだ傷跡は大きいね」

ニーナは、お母さんが戦争の酷かった地域に住んでいるらしく、本当に怖かったんだという話をしてくれた。え！　ニーナのお母さん、おったんや。私はダブルショックだった。てっきり亡くなったとばかり思っていたからだ。ブランコと離婚して別々に暮らしているらしかった。今はニーナはお父さんであるブランコと暮らし、お母さんは大分離れたところで一人暮らしをしているのだという。

そうか、だからブランコは「今、新しい部屋を自分で作ってるんだよー」なんて、まだ壁と蛇口しかないコンクリートの部屋を見せてくれたのか。点と点がみるみる繋がっていく。

ホテルではなく家庭に泊めてもらうということ。それは、人の人生に泊まるということだった。「楽しい」だけで帰ることもできたのだろう。けれど、それだけではない部分も知ることができたからこそ、今もクロアチアを想うのだと思う。彼らの幸せを心から願えるのだと思う。人の生活に入るとはそういうことだ。家族に参加させてもらえたことに、私は感謝した。

ニーナの話を聞いて、クロアチアの人々が皆温かいのは、悲しみを共有しているからなのだと思った。ゆったりと時間が流れる町は、自由を勝ち取りそれを謳歌するかのような自信と豊かさに満ち溢れていた。会う人会う人が堂々と、ゆったりと歩いて行く。そして、ライブハウスでの出来事も理解できた。教祖のように雄叫びをあげていたおじさんも、拳を突き上げ叫ぶ若者も、その瞳で怒りと悲しみの色を見てきたからこその団結力だったのだと思った。

クロアチア最後の日、私たちは三人に日本料理をご馳走することにした。味噌汁、お好み焼き、肉じゃがを作ろうということになりスーパーへ買い出しに。野菜や肉は調達できたけれど、小さいスーパーには日本の調味料は置いていない。少し離れた大きめのスーパーに行くと、あったあった。小さめの醬油、味噌、みりん、昆布だしに鰹だし、それから青のり、お好みソース。会計をしていると、お店の店員さん達が興味津々で喋りかけてくる。

「うそー。パーティー？　何作るのー？　ソイソースって使ったことなーい。あなた日本人なの？」

「そうです。しばらく泊めてもらっていて。今日は日本料理をふるまうんです」

隣のレジのお兄さんが乗り出してくる。

「ところでさ、醬油って、何で濃口と薄口があるの？」

この質問にはびっくりした。

「えーと。濃口は、色は濃いけど塩分は低いんです。で、薄口は色は薄いけど塩分は高いんです。だから、煮物とかには薄口？　あれ、濃口か？」

全然自信がない。あれ、お吸い物が薄口か？　私は、まあ色をつけたくないなら薄口だね、と濁した。

「じゃあさ、このタマリってのは何？」

驚いたことに、そのお店にはたまり醬油まで置いてあった。クロアチア人達が口々に、「TAMARI」「TAMARI」と言いながら私のところに集まってくる。

「えっとですね。こいつはですね……」

たまり醬油とか料理で使ったことないし。

「刺身に使うんですよ」

「SASHIMI？」

「そう。ロウフィッシュね、スシ、スシ！」

私はたじたじになりながら改めて日本を知った気がした。

「へー」

と、皆納得したようで、「サヨナーラー」とか「アリガートー」とか知っている日本語を連呼している。日本人がやっぱり珍しいみたいだ。イタリアにはあんなにあった日本料理店を、確かに一軒も見なかったな。TAMARIはクロアチアの一体どこで使われているのか謎だった。

ニーナが、ごめんねこんなに高いもの買わせてと謝るので、そうなの？　とレシートを見ると、日本円で約四千円。クロアチアの物価でいうと、一万二千円ということだ。こりゃ醬油を買う人もいないはずだ。

帰って来ると私達はすぐにキッチンを占領し、料理を開始した。その間三人にはリビングでくつろいでもらうことにした。

「何かやろうか？」

と、ちょくちょくニーナが来るので、大丈夫よ座ってて、と促す。日本のような大きなキャベツはないし、玉ねぎもすごく小さい。バラ肉というのも存在しない。代用品で四苦八苦しながら一時間後、ババーンと日本食が出来上がった。クロアチア風日本料理だ。恐る恐る味見してみると、味噌汁がむちゃくちゃ甘い。さてはクロアチアで作られた味噌だな、と思いきや、製造元は大阪府となっていて愕然とした。コースじゃないと気が済まないブランコのため、まずはその甘い味噌汁が入った鍋をテーブルの真ん中に置いて取り分ける。もちろん木の器なんてないので、底の浅いスープ皿に味噌汁をつぐ。ブランコは真面目くさった顔でナプキンをして、スプーンでカチャカチャと味噌汁を口に運ぶ。

「ごめんね。この味噌、相当甘いよ。日本のはこんなに甘くないんだよ」

これが日本の味だと思われたら困るので言い訳をボソリ。

と、ブランコがまさかのGood!と言う。親指つきで。続いて二人も、美味しいと……。甘党だということにしておこう。その後の肉じゃがとお好み焼きはさらに大好評で、お代わり連発だった。クロアチア最後の夜、座り慣れてきたテーブルで懐しい日本料理を食べながら、私達はいつものように他愛もない話をした。ニーナは、「久美子の方が似合いそうだから」と、お土産にガレージセールで買った花柄地の素敵な黒いコートをくれた。

国が違っても、宗教が違っても、人は友人にも家族にもなれるということを知った。まさか家族という言葉をこんな数日で軽々しく使うわけにはいかないけれど、きっとこんな風に顔を合わせて、少しずつわかりあっていけば、それは不可能ではないのだろうと。そして、戦争というものが顔の見えないところで起こるのだろうということもイメージできた。こうして顔を見ながら、少しの言葉とジェスチャーを交えながら人と関われば、国ではなく人間としての関係になっていく。日本人どうしだってわかり合えないことがあるように、国はあまり関係ないのだと思うようになった。

想う人が世界各地にいるならば戦争は起こらないのに。大切にしたい、いつまでも元気でいてほしい、幸せでいてほしい。そんな願いが遠く離れた日本にいても湧き起こるのは、テレビの中でもなく本の中でもなく、実際にこの日々があったからだと思うのだ。

次の日の朝、私達はブランコに別れの挨拶をし、駅に向かった。最後まで親切な二人は二枚分のチケットを窓口で手配してくれ、電車の中まで荷物を運んでくれた。

夜中三時、夜食が恋しくなると、あの夜、ブランコが取り分けてくれたラザニアを思い出す。湯気の立つ皿の中、赤いトマトソースと伸びるチーズの糸、何重にも重なった大きな大きなラザニア。みんなは元気にしているだろうか。ソイソースを使ってくれているだろうか。家は完成したのだろうか。

そう言えば、例の薬草、ボリスが笑っていた意味が日本に帰ってからわかった。言われた通り湯を沸かして飲んでみると……。ボリスのほくそ笑む顔が浮かぶ。良薬口に苦しとは言えども、これは日本では味わえない特上の苦さ。一杯でダウンして、しれっと母に送った。

バイバイフェチ

千代田線のホーム。

「本日はお忙しいところ、本当にありがとうございました」

四十代くらいの華奢な男が、ドアの開いた電車に向かって頭を下げる。

リリリリーと発車音が鳴り響いた。

電車の中には、小太りな男がこちらを向いて立っている。外で頭を下げる華奢なおじさんの取引相手だろうか。

「じゃ」

窮屈そうなスーツの右手をピョコっと上げて、会釈をする。

「では」

華奢な男も再度お辞儀。今度のは頭を上げない。このまま扉が閉まり発車するのを待つつもりだな。

ほうほうほう。完璧じゃないですか。

あれ、電車の扉が。閉じない……端っこの車輛に駆け込んだ乗客が鞄を挟んでしまったようだ。駅員が駆け寄って、扉をこじ開けている。

やれやれ、隣で頭を下げるこのおじさんは、どうするのかしら。一旦顔を上げて、

「お気をつけてお帰りください。ありがとうございました。また連絡いたしますので」

また深々とお辞儀する。

「はいはい、どうも」

気まずそうに小太りの男は違う方を見る。どうやら席は空いていないらしい。

しばらくの沈黙の後、ようやく扉が閉まった。華奢なおじさんは、電車が見えなくなるまで頭を下げていた。

私は人の別れ際を見るのが好きだ。

空港や駅のホーム。赤の他人が混ざり合う混沌の中、「別れ際」だけは、携帯電話の画面やヘッドホンの中の世界ではなく、唯一サーモグラフィーが赤く点滅している

人の生々しさの出る場所のように思える。

帰宅中のサラリーマンや学生でいっぱいの夕方の電車の中、百人いれば百通りのバイバイ。

見ていて気の毒になるほど、窓に顔をくっつけていつまでも手を振っている人もいれば、綺麗なお辞儀を一つ、その後は黙って前を向く人や、読んでいる漫画に目を落としたまま「じゃあな」だけの人もいる。別に、バイバイが丁寧じゃないからと言って嫌な奴だとは思わないし、丁寧だから良い人だとも思わない。きっと相手との関係性なのだろうと思う。漫画読みながら「じゃあな」だけでいい友達なんてそういないから羨ましいくらいだ。逆に、手を振り続ける彼女は、行ってしまった後、顔が疲れていたり。関係性の裏返しということも言えるのかもしれない。

関係性もさることながら、バイバイは、それぞれの性格が見えるから面白い。私の経験上、クールな人は大体バイバイもクール。丁寧な人はバイバイも丁寧。当然といえば当然か。

クールな人のバイバイは、「じゃあまた」と改札を入ってもう一度振り返ったときには、もうどこにもいない。そんなに早く帰りたかったのかと切ない気分になる。

丁寧な人は、見えなくなるまで手を振ってくれるし、玄関で別れたときは、しばらくカチャっというあのロックの悲しい音が聞こえない。

だけど、たまに、逆バイバイに遭遇してゾッとすることもある。

例えば、いつも素っ気ないくせにバイバイ上手な人。バイバイしたあとさり気なく、見えなくなるまで立っているではないか。これぞ本当の見送り。ぐっときて、惚れそうになった。

例えば、いつも気配り上手な優しさ溢れる女子が、「じゃあ」と言ったきり振り向きもしてくれないという事態。おお、実は男前なのですね、お姉さん。さしで飲みに行きたくなった。

例えば、会っている時間に特に話をしてなかったのに、バイバイ間際にやたら話し込んでくる人。「シャイやなかったんかいな」と、どつきたくなった。

これってくしゃみと似ているなあと思う。別れはくしゃみくらい咄嗟なんだよなあ。クセと言ってしまってもいいくらい、本心というか素が出てしまうのだと思う。とびきり綺麗なお姉さんに限って、とんでもなくお下品なくしゃみをするってあるもんなあ。だから、ああ、この人って本当はこんな人なのかしら。と、そのギャップにいろんな想像を膨らますことにおいても、みんなのバイバイを見るのは楽しい。

また明日ねの、バイバイ。またお正月にねの、バイバイ。また会う日までねの、バイバイ。もう会えないけど元気でねの、バイバイ。照れくさくて、寂しくて、手を振りたくなくて。バイバイは、心がパンツ一丁の姿。人になんか見られたくないカッコ悪い姿。それなのに、バイバイは大体人前だ。

実家から東京に帰るときは松山空港を利用することが多い。手荷物検査場を出た辺りがガラス張りになっており、受話器が並んでいる。なんと、受話器は外にもついており、自由に最後の別れができるのだ。それこそ公衆の面前で晒しもんである。

「ばあば。また来てね。お年玉ありがとう。おもちゃ買ってくれてありがとう。ばあば、また買ってね」

苦笑……。見送る人も、

「ひろし、元気でね。ちゃんとご飯食べるのよ。大学の勉強頑張ってね。風邪ひかないようにね。また荷物送るからね」

苦笑。チラ見……。

ちなみに私は使ったことがない。会っていた時間だけで十分だ。ガラス越し手を振る母と姉と甥っ子に、数回手を振って、そそくさと見えない場所に移動する。何回言っても気持ちは変わらない。何回言っても完璧な別れなどない。

「寂しくなるからここでいいよ」

ドラマでよく聞く台詞。大人になって、それも粋だなと思うようになった。その方が、素直な別れができる気もするから。玄関の前でバイバイだ。

でもやっぱり手を振りたくなって、

「バイバーイ」

と窓を開けて、もう別のことを考えているかもしれない友人に小さく手を振る。

手紙なら、メールなら、いっぱいいっぱいいっぱい思いを書けるけれど、どんな重大なさようならだって、別れ際は同じだ。

「元気でね。ありがとう。バイバイ」

どこの国でも、きっとそんなところだろうと思う。その数秒はときに感謝であり、ときに社交辞令であり、ときに惜別で、ときに願い。そして、ときに自分と向き合うための勇気でもある。バイバイと共にやってくる新しい自分。別れという寂しさが終われば、たった一人の自分に戻って、大きく深呼吸し、胸を張ってスッと歩き出す。バイバイはそのためのものだと思うのだ。

華奢な男は、下げたままの頭をようやく起こし、ふーと長い溜息をついた。そして、辺りを見回すこともなく首を二、三回ぐるぐる回すと肩の力を抜いて、一人階段を上って行った。

私は、男が人混みに吸い込まれて行くのを見送ってホームのベンチに腰掛けた。

月と空

ベランダに出てしばらく月を見る。空気は流れているのだと気づかされ、その日によって空の色は微妙に違うことを知る。夜空と季節の匂い。家々の電灯。昼間とは、まるで別の街。いつ見ても月はしみじみと美しく寂しく、心が吸いとられそうだ。

いくつかのシーンが浮かぶ。

バカばっかりしていた大学の頃、よく行った真夏の夜の海に浮かぶ月。

東京に出てきて、終電逃してトボトボ歩いて帰った家までの道、ビルの隙間いつまでもついてくる月。

井の頭公園、酔っ払って寝転んだシートの上、満開の桜ごしに見た控えめの月。

中学時代、部活帰りに友達と自転車を押しながら見た青白い月。

若い頃に青年学校（農業学校）の先生をしていた祖父は、学校からの帰り道、狐の嫁入りや火車を見たとか、お墓で火の玉を見たとか怪談まがいの話を私達によくした。うっそやー。と思いつつも、狸の尻尾に火がついて大車輪がゴウンゴウンと回るところを想像しては、少し見てみたいなという気持ちになった。そのくらい、空も暗闇も身近な存在だったのだと思う。だから闇の怖さもよく知っていたのだろう、祖父は夜になればさっさと寝ていた。そして朝日とともに起きる。そんな人間らしい生活を当たり前にしていた。

現代、ネオンが月を圧倒し、土から離れた生活が殆どである東京では、地球にいることや、月があること、風が吹き木の葉が揺れること、星座を確かめること、太陽に生かされていること、そういう当たり前のことを忘れがちになる。幸せなことほど気づきにくいものだなと、私はベランダに出て改めて考える。

小学四年生のとき、母が入院して一カ月間家にいなかったことがある。専業主婦だった母がいない。それは、太陽と月をいっぺんに失ったようなものだった。姉は率先してご飯の支度や片づけをし、みんなで洗濯をし、お風呂を洗った。心細い中で三姉妹は家事を分担した。

私は、担任の先生にも友達にも、母が入院していることを言ってなかったらしい。大人になってから母に聞いて驚いたけれど、自分のことだから何となくわかる。子どもの頃の私は、学校では学級委員長なんかをそつなくこなす、そんなクラスに一人いるタイプだった。みんなの前でいつも笑顔で元気なピエロ。だからこそ誰にも言えなかったのだろう。

母が不在だった一カ月間、何を思ったのか、姉と妹と三人で、時々二階の窓からつたって屋根に上った。特に何をするわけでもなく、三人で屋根に座って、夜空を見てぼーっとする。それぞれにいろんな思いを胸に秘めて。単純に子どもって高いところに憧れがあるよね。行けなさそうなところだと俄然行きたくなる習性だ。目と鼻の先だというのに、屋根の上から見る世界は、まるで違っていた。秘密基地のようでたまらなくそそられた。夕飯を食べ終わると三人は靴を持って、そーっと二階に上がる。おじいちゃんにも、おばあちゃんにも見つからない場所、三人だけの秘密基地へと。どんな話をしていたのか覚えていないけれど、母に話すように、姉に学校でのあれこれを話していたように思う。中学二年生の姉には、小四と小二の妹を守ろうとする母親代わりみたいな気持ちも芽生えていたに違いない。今思えば、姉にだけしか知らされていなかったことも多かった。実際、母の手術の日や、詳しい病状を私と妹は知らなかった。母がいないということ以外、ピンときていなかった。

あれほど酷かった姉妹喧嘩も一カ月間は休戦していた。代わりに姉対祖父母の言い争いがよく勃発していたのを覚えている。妹達の分まで肩代わりしていてくれたことも多かったのだろうと思う。

私達の秘密基地は易々と見つかってしまった。子供部屋を見ても誰もいないとなると、祖父母はびっくりして探したのだろう。まさか屋根にいるとは。ドラえもんとのび太じゃあるまいし。もちろん叱られた。「落ちたらどうするんだ！」と。私が祖父でも怒るだろうな。孫って無茶させられない存在だもの。けどまあ、それくらいで懲りないのが子どもである。三人寄れば文殊の知恵ということで……。

「ねえ、声が聞こえていたら子供部屋にいるって思うんじゃないかな？」

もちろん悪知恵専門の私の案だった。姉のCDラジカセに予め録音しておいたカセットテープをセットする。自家製効果音だ。ひたすら雑談しているカセットテープを電気つけっぱなしの子供部屋に流しておく。完璧なアリバイだ。これでもうバレまい。

しかし、大人というのは一枚も二枚も上手なのだ。何度目かにまんまと見つかってお縄になり、この遊びは禁止となった。

「あれは楽しい遊びだったな……」初夏のベランダ、ビールを飲みながら思い出す小さな二人と代理母、姉の情景。あのとき一番寂しかったのは姉だったんじゃないかと思う。そしてその不安を吸収してくれていたのは、頼りない妹達と夜空だったのではないか。あの頃、空は近くて遠いところだった。月が綺麗だとか、夕焼けに黄昏たりはしないけれど、いつもあの大きな大きなシーツを広げたような空に向かっていたように思う。

しばらくして、無事手術を終えた母は帰ってきた。私達は真っ先に案内した。三人の秘密基地に。母はちっとも叱らずに一緒に屋根に上った。そして一緒に座って空を見た。

第二章

街の歌

二〇一二年～二〇一八年

民族衣装とシャネル

赤い、ずっしりとした頭巾で頭を覆った女性が、街角に静かに立っていた。肩には彼女がすっぽりと入りそうな大きな竹籠を背負って。

私と妹は毎年一緒に旅をしている。『深夜特急』に憧れて始まった姉の旅に五年前から妹が同行するようになったというのが正しい。

八月、今年はベトナムの山岳地帯サパへ行くことになった。ハノイからバスで七時間、到着した街は友人から聞いていたのとは違って随分開発され、ハノイと然程変わらなかった。観光料を払い棚田の美しい村にも行くには行ったが、高度成長の波がそこまで押し寄せているのがわかった。

夕食後、観光客で賑わう夜道をぶらぶら歩いていると、先住民族らしい出で立ちの女性が目に止まった。いや民族衣装の人は他にもいる。私が気になったのは剃り上げた眉毛でも、髪型でもない。その女性は赤い頭巾と、黒の民族パンツに合わせて、赤と黒のボーダーのシャネルのセーターを着ていたのだ。私は止める妹を振り切って、

「セーターかわいいね」

と喋りかけた。彼女は照れくさそうに、

「知り合いにもらって、可愛いからリメイクしてみたの」

と答えた。シャネルだということは知らないみたいだった。

「民族衣装じゃなくてもいいの？」

と尋ねると、

「皆は民族衣装だけど私はこれが好きだから……」

と続けた。

「どこに住んでるん？」

「すごく遠いの。ここから山道を六時間行った村」

「六時間⁉」

「あなたたちは？　姉妹なの？　結婚は？　彼氏は？」

いつの間にか仲良くなったメイという二十七歳の女性は、赤ザオという少数民族の

村から来ていた。独特の発音だが、英語を喋れることにも驚いた。

「明日あなたの家に泊めてもらえないかな?」

と私は口走っていた。

「久美ちゃん、少数民族だよ、絶対お腹壊すし虫に食われる! それに六時間も歩けるわけないだろ」

と、当然妹は怒った。

「黒モン族の友人がいるの。そこなら一時間で行けるし紹介してあげようか?」

妹の反応を察したメイが言ってくれた。でも私はメイの家に行ってみたいんだと伝えた。こういうときの自分の直感と行動力は怖いくらい揺るがない。

「わかった、いいよ。じゃあ明日朝七時にホテルに迎えにいくよ」

とメイ。ただ……怒る妹のたった一つの願いである、〈ファンシーパン山に登る〉という夢だけは叶えてやらねばならなかった。ベトナム最高峰、三一四三メートルのファンシーパン山に世界最長のロープウェイが通ったのは二〇一六年のこと。山ガールの妹にすれば、これが一番の目的だったのだ。メイにそのことを話すと真剣な顔で、

「なるほど、それは行きたいよね。じゃあ十一時に教会の前で待っているね」

と私の小指を彼女の小指で結び「プロミス」と言った。私の胸はみるみるうちに熱

くなって、なぜだか涙が出てしまいそうだった。「降りたらメールして」でなく指きりげんまんだけで結ばれる約束。小学生以来だ、こんなピュアな感じって。妹も同じように小指を差し出されながら覚悟を決めたようだった。

翌早朝、「プロミス」事件によりすっかりメイに夢中になってしまった妹は、露店で買った蒸しパンと赤飯を食べながら、もうファンシーパン山はどうでもよくなっていた。すごい霧だから登っても真っ白なんだろうし、だったら早くメイの家に行きたいねということになり、二人は昨日メイと出会った辺りを探して歩いた。何だか絶対に会えるような気がした。根拠なき勘は見事に的中し、カフェテラスのお客さんに民芸品の販売をしている彼女を見つけて駆け寄った。

「あれ？　山は？」

「もう山はいいや！」

こうして三人の旅が始まった。雨の中、十キロのバックパックを背負って道なき道を行く。いくらトレッキングシューズとはいえ滑る滑る。さっと手を引いてくれる彼女の足元はビーチサンダル。一体どんな足だ！

歩きながら彼女は、十五歳で顔も見たことのない人と結婚したんだと話した。学校へは一回も行ったことがないアンハッピーな人生だったと。だから自分の子ども二人には教育を受けさせたい、そのために自分で作った刺繡の鞄を売っているんだと言った。彼女が街に出ている間は旦那さんが子どもの面倒や家事もしてくれるそうで、そういう男は珍しいんだと笑った。何気にのろけ話が多くてニヤニヤしてしまった。六時間、確かに長い道のりだったけれど、彼女の人生を歩く旅でもあったんだと思った。

やっと辿り着いたバンブーの家はシンプルで美しい土間のワンルームだった。陽が一番よく当たる部屋の中央に飼料のトウモロコシが大きな円状に干され、その回りを子どもたちが裸で走り回っている。隣の母屋から旦那さんの弟家族や両親がやってきて、豚や鶏も自由に歩いて賑やかな家だ。メイたちは二年前、この家を建て母屋を出たそうだ。噂の旦那さんが率先して家事を手伝っている。トイレも水道もガスもテレビもご近所もないが、ないからこそ満ち足りていた。出してくれた水を躊躇する妹に彼女は言った。

「大丈夫、最近飲み水は鉄瓶で一回沸かしてるからお腹壊さないよ」

よく見るとそこかしこに彼女の工夫は光っていた。新しい家も、優しい旦那さんも、英語も、子どもたちへの教育も、ああそうか、民族衣装にシャネルを合わせるように彼女は自分のアンハッピーを自分で好転させるため、考え、学び、選び、宝物をその手で作ってきたんだ。

夕方、室内で旦那さんと鶏を捌きはじめたので思わず私は叫んでしまった。諭すようにメイが言った。

「大丈夫、家の鶏はサパの鶏の何倍も美味しいから」

全ての行程を見届けていただいた鶏の味と、彼女の小指を私は一生忘れないだろう。

犬の名は。

小学生の頃、作りたての肉まんを友人宅へ届けに行っていたら、ちょうど犬の散歩をしている友人に遭遇。立ち話をしていたところ、よほど足が肉まんに見えたのか、ふくらはぎをガブリとやられ病院へ運ばれた経験がある。それ以来犬は苦手だ。かわいい顔をしているが奴らには牙があることを忘れるなかれ。それなのに、どういう因縁か私の干支は戌年、ずばり年女なのだ。

正月、四国中央市新宮町の観光施設霧の森で餅つき大会があるというので家族で行ってみた。東京でも有名になりつつある例の大福を買い、いざ餅つき会場に行くと既に長蛇の列。皆でつくのかと思いきや町の方々がついた餅をふるまってくれるようだ。働いてないのに餅だけ食べるのは心苦しいが、かといって辞退する気もなく、つきたての餅を無事胃袋に納めうろうろしていると、何やら鉄のおりがある。近寄って見てみると生後一カ月程の犬ころが五匹かたまっているではないか。紙には柴犬と雑種のミックスと書かれている。戌年だけに里親探しをしているようだ。わらわらと子どもたちが集まってきて子犬を触り始めた。姉の子三人も夢中だ。

餅つき大会はすっかり犬触り大会になっていた。おりから出された子犬は、チャンス到来とばかりに脱走を試みるものや怖くてぶるぶる震えるもの、寝ているものなどさまざまだ。個性とは生来のものだなあと、しばらく私も遠巻きに眺めていたが、やっぱり犬より餅。妹と餅つき会場に移動した。実家でも毎年餅はつくが流石に電動の餅つき機である。きねの重さや、打ち付ける感触は格別で、おじさんたちと掛け声をかけながらついていると体もほかほかしてきた。地域の行事に参加するのもいいものだ。

ベンチに座って二度目の餅を食べているとケーブルテレビがやってきた。「子どもじゃないけどいいんですか?」妹と二人半笑いでインタビューに答えていると、ぞろぞろと甥っ子たちがフレームイン。あれ? 母が犬を抱っこしているではないか。「犬飼うことにしたよ」と姉。五匹の中で一番怖がりだった犬が腕の中でやっぱり震えている。鼻の頭が白いのを気に入って小一の甥が決めたのだそうだ。七人と一匹でコントみたいにテレビ出演したおかしな正月だった。

帰りの車内、じっと犬を抱いている甥は数時間で父親になったかのようにたくましい表情をしている。「名前はモチ?」と冗談で尋ねると「モチええな」と言う。「じゃあモチ太郎は?」と聞くと、しばらく考え「鼻が白いからモチシロ」と。ほほー、通常ならシロモチだが、単語をひっくり返すことで真新しい響きになる。言葉をなりわいとする私だが、概念にとらわれない子どもの発想には脱帽した。

名前がつくと一気に愛着が生まれるから不思議だ。「犬」ではなく「モチシロ」という世界に一匹の友になっていく。子どもたちは代わる代わる抱っこして何を食べさせようか相談している。大工の叔父に頼んで作ってもらった立派な犬小屋に入ると震えも治まった。昨日とはまるで違う今日がもう子どもたちを成長させていく。

私はというと、東京に帰ってからもどうもモチシロのことが気になって度々母に電話してしまう。案外、今年は本当に犬の年になるかもしれないなあ。

酒の陣

二日酔いで新潟を目指していた。三月半ばだというのに新幹線からは雪景色がキラキラと眩しく、爆睡する担当編集S氏の隣で私は寝るに寝られなかった。それもそのはず、大好きな日本酒の祭に向かっているのである。「にいがた酒の陣」は、県内約九十の酒蔵が集結し、なんと五百種類のお酒が試飲できるという日本酒好きにとって夢のような祭なのだ。

会場の朱鷺メッセに到着すると、二階の入り口にはものすごい行列ができている。前日の土曜日はなんと六万五千人が集まったらしい。十時、自動ドアが開かれると酒野郎達が押し寄せてきた。走らないでと言われても、そりゃ走る。驚くのは、女子率が高いことだ。私も負けじと、お猪口を持って走る。やっぱり気になるのは、山田錦と五百万石を交配させた米「越淡麗」を使ったお酒だ。越淡麗は長岡の農事試験場で平成元年から実に十八年をかけて開発された新種米だそうで、新潟男の愛と努力の結晶なのだと試験場の方が熱く語ってくれた。

ということで、まずは越淡麗攻めだ。中川酒造の「越乃白雁」無濾過、生原酒をファーストグビリ。ううう、うまーい。原酒の濃さと米の柔らかさが絶妙。新潟は辛口のイメージだけれど、全然鼻にツンとこない私好み。ああ、やばい、エンジン全開になってきた。次は、なんと蔵人自身が棚田で米を作っているという（しかも合鴨農法で）越銘醸の純米酒「壱醸」をグビリ。お、お、おいしいよー。米の甘さの中に、きりりとした切れ味。泣けてくる美味さだ。お次も、社員たちで田植をしているという「大洋盛」の純米大吟醸。こちらはしっかりと甘さとこく。同じ越淡麗を使っていても、作り手によって味はこんなに変わってくるのだ。お酒も人と同じだなあなんて思いながら、こっからはノンストップで飲んで、新潟を食し、お土産のお酒を買い、また飲んで。どのお酒も本当においしい。もう取材どころじゃない。

会場はただの物産展ではなく職人たちへの感謝、尊敬に溢れていた。その証拠に泥酔している人は殆どおらず、おつまみを分けてくれたり席を譲りあったりとアットホームだ。職人の誇りと情熱が「祭」を作っているのだと思った。だからこちらも大事にその一杯をいただく。彼らの思いも一緒に。

人だかりのあるブースを見ると共通点があった。それは、新潟市内へも出まわらずその町でのみ消費される小さな蔵元だということ。途中、東京から仲間とバスを貸し切って来たという強者達に遭遇したが、彼らも狙うは小さな蔵の地酒。午後一時、その代表格である越銘醸の「壱醸　純米大吟醸　21」が開封される時間がきた。世界初、精米歩合21%の大吟醸。酒野郎達、お猪口を差し出しながらヌーの群れみたいに押し寄せる。何としても飲みたい。蔵人が、群がるお猪口に酒を入れてまわる。うー、こっちにもお願いします〜。やった、何とかゲットできた。グビリ……。その美味さたるや！　大吟醸は洗練されすぎて味がないことも多いが、21は米の旨味がちゃんと残り、絶妙なバランスで王様として君臨しているのがわかった。この蔵に見学に行きたい。翌日、私達は長岡は栃尾にある「越銘醸」を目指すことにした。

ウコンが効いたのか、意外とすっきりのお目覚めだ。柿の種を食べ食べ新幹線で長岡へ行きレンタカーで栃尾を目指す。天気は快晴、名物生姜醤油ラーメンを寄り道、大人の遠足は自由でいい。トンネルを抜ける度に雪の壁が目立ってきた。車はぐんぐんと山奥に入っていった。

山と川に囲まれた栃尾は想像以上に味わい深い町だった。雪が降っても歩けるようにと屋根がせり出した雁木造りの町並みは美しく、かりんとう、油揚げ、味噌など質の良い名物がしっかりと残っている。午前中は街散策を満喫して午後からは待ちに待った酒蔵見学。胸を高鳴らせて越銘醸へ向かう。

くす玉が下がる玄関を開けると、法被を着た蔵元さん達が快く迎えてくれた。重厚な佇まいの蔵や事務所は、手入れを重ねながらなんと二二〇年前から大切に使っているというから、あの味が納得できる気がした。「昭和十六年の大地震で煙突が半分ずれましてね」仰天エピソードを交えながら蔵見学がスタート。大きな大きな樽、麴室、実験室、神棚。蔵の中で繊細に狂いなく作られるお酒たちは正に生き物だ。完成する前のお酒を飲ませてもらった。口の中でぷちぷち弾ける発酵途中のお酒は感動ものだった。それって作家が世に出す前の原稿を見せるようなものだから、自信がないと出せないと思うのだ。舌にびりりとくる荒々しさは飲んだことのない原石の味だった。樽の周りに発泡スチロールを巻いて温めたり瓶を雪で冷やしたり、機械化せずに全て手作業で造られている。米作りにかける情熱も一入だ。

なんと、壱醸を販売できる酒屋の条件は〈一緒に米作りに参加すること〉だという。八年ほど前、中越地震や高齢化で消えかけた棚田を守りたいという想いで、農業未経験の蔵人達が自ら酒米を作り始めた。一年目は遠巻きに見ていた農家の人々が、翌年には声をかけてくれるようになり、ついには一緒に酒米を作ってくれるまでになったそうだ。「おじいちゃん、毎日の水だけ見てくれる?」農業を諦めかけていた人々もまた棚田に集うようになった。今では手伝いたいという壱醸ファンも加えて、総勢六〇名での田植えだ。こうしてできた「壱醸」の名前には「ここでしか作れない世界に一つのお酒」という思いが込められている。「壱醸を飲みたい方は栃尾まで来てほしいんです」千二百本しかできない壱醸・純米吟醸、純米大吟醸21の殆どが一緒に苦楽を共にした地元の酒屋二十四軒で販売されている。「俺、もったいないから売らんねかもしんね」という酒屋さんの言葉、そこにはお酒造りが繋げた人と人の心があった。美味しいお酒にはとびきりのストーリーが付いている。

お土産に貴重な21を買わせてもらい、私達は最後の夜を日本酒で乾杯した。

魂の歌を聞いた――映画「ひとつの歌」によせて

　ある日曜日、私は朝市でなめこと、古本を買って近所をうろついていた。とても天気のいい日で、商店街は人で溢れている。ベビーカーを押した夫婦、地方から出てきたのだろうかスーツケースをガラガラ引いている人。お洒落した大学生っぽい女子の集団。ハットにスーツでいかしたおじいさん。その隣にはお澄まし顔のおばあさん。他人と会話したげな人、自分の世界の中でいたい人。色んな人の今日が行ったり来たりしている。混ざり合うことがありそうでなさそうで、ときどき肩がぶつかったりして、謝った瞬間に相手と一瞬の出会いをして、そしてまた自分の今日に戻る。ドーナツでも食べるかな、とドーナツ屋に並び、いつもと同じプレーンを一つ。ラッキー、揚げたてだ。帰ろうとして、玄関を出ると向かいのカフェの軒先に見覚えのある顔が座っているではないか。あれは、久しぶりに会う友人夫妻だ。

「おわわー！　ちょっとちょっとー！　何してんのー‼」

　ドーナツ片手に私は駆け寄った。

「ひゃーー！　久美子ちゃーーん！」

　盛り上がらないはずはない。通りを行く人々を見ながら積もる話をし始めた。髪を切りに行こうかと思っていたけど、別に今日切らなきゃ死ぬわけでもないし。

「あのね、こないだスカイツリーに上ったんだよ」

と奥さんが言う。随分先まで予約が埋まっていると聞いていたのにどうやら空きがあったらしい。

「へー。どうだったどうだった？」

「うん、すごかったよー。あのねー点だったよ」

「へ？」

　聞き返すと、旦那さんの方が説明を加える。

「いやもう、あんな上から見下ろすとね、東京は自分たちじゃどうすることもできないくらい大きかったよ。こんな中にいる自分達なんて、点だと思ったよ。小さい点々」

すごい表現だと思った。上った人にしか出てこない言葉なのだろう。そうか、点々か。誰ともわかりあえないくらいその点々はうようよいて、決して交わり合うことなく、でもこの地球という星の上で共同生活風をしているわけか。不思議といえば不思議だなあ。

帰っても点々の話が頭から離れなかった。

その話をした数日後、運命的にこの映画を観た。

まさに点々の話だと思った。

点々である一人一人の人間に広がる宇宙がそこにはあった。どこかで見たことのある風景が主人公の目を通すと全てドラマチックに、愛おしいものへと変わる。それはつまり、もうどこにもない風景だからだと思う。一瞬一瞬が重なって今日ができていくように、同じ瞬間なんて、同じ気持ちなんて、この世のどこにも存在しないのだ。そのことをみんな知っているのに、知らないふりをして今日もやり過ごしていく。今、私がパソコンをカタカタしていることも、入れっぱなしの洗濯物も、なめこの浮かんだ味噌汁も、ほらもうすぐ消えていくことなんだ。人が生き、死に、繋がり、消え、残っていくこと、何気ない日常を彼の視点で追いかけると、いつの間にかそんな思いへと変わっていっていた。

面倒なことから目を背けるあまり、鍵をかけた自分でいることが普通になっている。

すれ違う人の今日が、この後どうなるのか。同じ電車の同じ車輌、この人は私とは違うどんな所へ向かっているのか。人への愛おしさ。寂しさ。温かさ。懐かしさ。なんでもない今日に耳を澄ましてみると、こんなにも世界は違ってくるのか。

ひとつの歌が私の町にも聞こえる。

その人だけが知る、たったひとつの歌。こんなにもちっぽけで、でもそこにしかないたったひとつの歌が。

桐子の喪失感、敢えてそこに触れた主人公。彼もまた持ち続ける喪失感。自分の痛みを探すように彼は写真を撮り続け、それが桐子の救いとなる。ひとつの歌が、響きあうとき、人は人の尊さに気づくのだろう。誰かの中の歌に触れてみたい。その人の中で流れ続ける命の流れのような音に。映画を見終わってそんな細やかな力が湧き起こるのを感じた。

「でもね、点々がこうやって出会って話をすればもう点々じゃないよね。人って、意外と話せば分かりあえたりするよ」

カフェの軒先で私は彼らに言った。そうだ輪っかにだってなれるんだ点々は。

「そうだね。こうやって話していると自分たちにできないことなんて何にもない気がする」

二人は笑った。

そうやって日曜日の午後、私たちは出会って数時間後また手を振った。でもさっきまでの自分とは違う。少しだけお腹がいっぱいになっていたのは、ドーナツを食べたからというだけではないだろう。

いつの間にか雲が広がって今にも降り出しそうな空の下、私はてくてくと歩いて帰った。

喧騒の中、忘れていくものがあるなら、また思い出せばいいだけなのだと思う。一人が辛いとき、誰かの歌にそっと耳を澄ませてみればいい。ここにも、そこにも、人がいる限り、たった一つしか存在しない何千何万種類のメロディーが流れているのだから。

それは、魂の歌。今日を生き、明日を生き、燃やし続ける魂の歌だ。

この映画との出会いに感謝したい。

詩という魔法

「日記と詩は何が違うのですか?」と尋ねられることがある。日記にメロディーをつけても歌になるし、日記を詩だと言い張ったとしても怒られることはない。詩と日記の具体的な線引きはないのだ。

中学三年生のとき、変わった国語の先生が転任してきて、授業の頭で毎回詩を作ろうと言い出した。詩人なんて谷川俊太郎くらいしか知らないぞ、一体どうやって書けばいいんだ。私を含め生徒たちはざわついた。先生はそんな空気おかまいなしで、黒板に「光」と書くと、コースターほどの小さなわら半紙を配った。「今日のお題は『光』です。それでは三分間よーい始め」

中学生の私は、詩の面白さはテストの点と比例しないことだと知った。なぜなら授業を放棄して教室を飛び出すような金髪の男子に限って、素晴らしい詩を書いたからだ。先生が毎回発表する優秀作品の中に、時々彼らの詩も入っており、それがびっくりするほど良かった。教室がシーンとなった。先生が朗読している間、金髪のヤンキーは顔を真っ赤にして椅子をギッコンバッタンやりながらそっぽを向いた。何にもとらわれない自由な発想と言葉の組み合わせは見事だった。きっとこれは優等生には書けないものだと感じた。今思うと、彼らが学校で褒められる姿を見たのはこのときだけだった。その後の人生で彼らが困難に当たったとき、あの日の胸のドキドキと細やかな喜びを思い出してくれていたらいいなと思う。作詞講座を開くとき、あの日の不良少年の顔を思い出す。言葉は音楽やサッカーみたいに特別な技能や道具がなくても書ける。だからこそ、詩を作ったことのない人にも、国語が嫌いな人にも、自分自身を変えるチャンスのある世界だということを忘れないでいたいと思うのだ。

そんな風に、ヤンキーに刺激を受けながら、私は詩作の時間が一番好きになっていた。休み時間や家に帰ってからも詩を作った。それらは、提出される授業の詩とは一味違っていた。家族にも友達にも相談できない思春期ならではの心の闇は、日記帳ではない新しいノートに連なり始めたのだった。間違いなく私はあの一冊の作詞ノートに支えられ、中学、高校時代を乗り切った。人前では明るいくせに、もんもんと蓄積される心の錆は詩に形を変えることでしか取れなかった。本音を言える誰かがいたなら、私は詩を書き続けていなかっただろう。その必要がないからだ。その方が人間としては幸せなことだと思うが、残念ながら大学生になっても私の作詞ノートはどんどん溜まっていった。あの頃のノートを見返すと、感情のむき出し具合に恥ずかしくなる。けれども、今の自分には書けない宝物だとも思う。綴られた言葉は、ときに鋭いナイフになり、またエールになり私を明日へ向かわせた。決して上手くはないが、やはり日記ではない。そこには、心情の吐露だけでなく「表現」という美しさと面白さを求める探究心がみられた。ただの愚痴や嘆きではなく、作品として立たせることが自分の中のプライドであり、私を夢中にさせた詩の魅力だったのだと思う。

大学時代、軽音部の後輩に誘われてロックバンド、チャットモンチーにドラマーとして加入した。最初は二人の作詞作曲した曲をアレンジして演奏していたが、ある日「久美子さんも詩が書けたりしますか？」とボーカルのえっちゃんに聞かれた。「うん、ちょっと書ける」と答えた。嬉しかった。私の詩にメロディーがつき演奏し歌ってくれるなんて。机の中にしまいこむだけの言葉を認めてくれる誰かがいることが嬉しくて嬉しくて、私は翌日までに約十の歌詞を作っていった。そのとき書いたものの多くが、デビュー後に音源化され今もなお愛されている。初期でこそこのように奔放に書けたが、詩と歌詞は別ものだった。歌になり演奏というドレスを纏った言葉は、もはや私だけのものではなかった。私ではない人の口から歌われステージを見上げるたくさんのお客さんに届けられることで、みんなのものになっていった。それはとても幸せなことだったけれど、同時に責任と覚悟がいることでもあった。曲を聴いた何万人のうちの一人でも自分の歌詞によって傷ついてはいけないという思いが、ファンが増えていく度に強くなった。また、聴いてくれた人の勇気や希望になってほしいと願いを込めてどんなネガティブな歌詞にも希望を添えて終わらせた。気づけば、私は歌詞とは別にまた詩を書くようになっていた。

言葉は、花束にもナイフにもなる。だからこそ、私達のように言葉を生業とする人間はその面白さと危うさを伝えなければならない。不良男子に光をあてた国語教師のように。何となくコンビニから流れる私の歌詞が、誰かの明日を作るのかもしれないという使命はいつも私の中にある。

人生は山あり谷あり。結局のところいくら勉強したってわからないことだらけだ。悲しい時には泣き、嬉しい時には笑い、世の中への疑問をふつふつと募らせ、どんな時代も心のアンテナを伸ばして生きることこそが、豊かな言葉と人生を作る秘訣なのだと思っている。

伊予灘ものがたり

私はこんなに美しいところで生まれ育ったんだ。そう気づいたのは上京した後のことだった。海と山に囲まれた日本の原風景ともいえる豊かな故郷、四国。列車の旅となると四国の良さは倍増する。美しい風景は国道沿いよりも線路沿いに残っているからだ。ガタンゴトン、心揺さぶられながら遠い日の記憶が目を覚ます。四国と私をもう一度、お見合いさせてくれる旅が始まった。おかえり、ただいま、いってきます、いってらっしゃい。「伊予灘ものがたり」は、人々のいろんな思いを乗せて銀河鉄道のように心の故郷へと導いてくれる。

同じ愛媛県内でも東予出身の私は南予に行ったことが殆どない。家族旅行では道後温泉とか高知が多かったし大学も徳島だったので、実は南予は未知の世界。ワクワクして遠足の前の日みたいに全然寝られないまま松山駅についた。初対面の編集者さん、カメラさんと、人生初の三十代女三人旅だ。初めて会ったとは思えないくらい気楽な二人、馬が合いそうな予感だぞ。

松山から八幡浜間を走る観光列車「伊予灘ものがたり」は、驚くべきことに殆どJR四国の社員さんがプロデュースしたのだそうだ。砥部焼の器、地域食材で作られたランチ、箸置きは東予の名産水引を使用、そして美しい客室担当のお姉さま方も、もちろんJR四国の職員さん。全てにおいて愛媛産なのだ。いつもの電車とはまるっきり違う洗練された空間だが、背伸びしすぎてない感じが良い。それはきっと、外側だけでなく、おもてなしの心が十分に伝わってくるからだ。出発のときには、JRの職員さんが整列して手をふってくれ、何とご近所さんも私達の列車が通る度に外に出て手をふってくれる。東京での暮らしが十年経とうとしている私にはあまりに衝撃的で、車窓からの美しい景色以上に胸を打たれたのだった。こういうのが一番の四国の名産かもしれない。

列車は絶景の中をのんびりと走り、大洲駅に到着。まず最初にショックを受けたのが大洲の名物芋炊きだった。「え、これって土居の名物じゃけど」と私。「そうなんですか？」と二人。大洲の方が有名だと言いたげな顔である。芋炊きと言えば、我が町四国中央市土居町に決まっている……はずだったが、三十二年目にしてこっちの方がメジャーだと知った。味は、里芋に鶏肉や椎茸の出汁がきいて、あらこちらも美味しい。秋はやっぱり芋炊きに限る。

実は七月にも大洲を訪れた私だが、良い町は何度来ても飽きない。小川に鯉が泳ぐおはなはん通りはすっかり秋になり、二葉屋の志ぐれ餅にも栗が入ったそうだ。ああ、やっぱりおいしいね。続いて、軒先で葉っぱのバッタを作っている名物おじさん「いわはん」の露店に行く。海外のお客さんもバッタに夢中だ。こういう井戸端会議こそが旅人の一番の思い出となるだろう。

大洲に来たら外せないのが臥龍山荘である。伝統建築が好きな私は今まで色々な場所を訪れたが、これほどセンスの良い建物に出会うことはそうない。築一〇七年のこの家は、貿易商であった河内寅次郎氏により建てられた。塗り壁の一部を塗り残し農家の荒野を表したり、柱の一本に切り倒さなかった槙の木をそのまま使ったりと、説明をじっくり聞きながら回ると隠されたお洒落の数々にため息が漏れる。単なる贅沢な家ではなく、贅を尽くして侘び寂びを巧みに伝えるかなりストイックな建物だ。良いものを見た後はお腹が空く、ということで、鉄板焼きのさおやさんで名物のちゃんぽんをいただく。長崎ちゃんぽんとは全然違って、鉄板の上で焼きそばとご飯がコラボするのだ。自家製のピリリとしたソースが美味しくて、ぷはー、ビールが進みますなあ。女子達はますますエンジン全開になって夕方の電車に飛び乗った。

宇和島駅って愛媛というか高知っぽい。いや、駅前の椰子の並木道、サンフランシスコっぽいぞ。私の趣味は全国の城を巡ることで重要文化財に指定される天守閣は全て達成したのだが、なんと唯一宇和島城だけまだ……。地元あるあるだな。閉館間際の城に女人三名、忍者の如き走りで入城せり！　夕暮れの宇和島城は空にぽっかりと浮かぶ船のようで、そこだけ異次元に思えた。小さな天守閣からは変わり続ける町が見える。何百年も変わらず残されていくものの強さと物憂さ。こいつは修繕されながら、山のてっぺんに立ち続けているのだ。受付のおじさんと城談義を繰り広げながら少しノスタルジーな気分になった。

電車に乗った途端カメラマンG氏爆睡。朝から晩までよく遊んだ。今夜のお宿は卯之町、犬養毅や新渡戸稲造も泊まったという老舗旅館、松屋さん。心のこもったおもてなしが疲れた体に染みる。夕飯のおいしいこと！　江戸時代から守ってきた家宝のぬか床で漬ける名物のぬか漬は栗やゴーヤ、数の子、パプリカなど数十種類に及ぶ。

私は太刀魚の焼き物に添えられたバジルの葉に驚いた。料理長でもあるご主人の「美味しいものを出すのは簡単ですが、口に合うものを出すのは難しいんです」という言葉が印象的だった。伝統料理に新しさを加えたりお客様の年齢や性別によっても香味野菜を変えるという工夫は、人を大切にし続けてこられた証拠だと思った。こうして旅の初日、穏やかな眠りについた。

昨日は暗くて見えなかったが、卯之町は実に風情ある町並みだった。幕末には、坂本龍馬はじめ多くの志士が高知から四国山脈を抜けて政治の中心地山口に渡ったのだと松屋の大女将が教えてくれた。その丁度真ん中にあった卯之町は政治家や文化人が集まる社交場として栄え、戦後はずらりと置屋が並んでいたそうで今もその面影が残っている。

私達は、日本酒の熟成酒を作っているという珍しい酒蔵、元見屋さんを訪れた。何を隠そう私は大の日本酒好き。熟成日本酒なるものを素通りできるわけがない。ご主人の話では、江戸時代まで酒は寝かせて飲むのが美味しいとされていたが、明治以降、酒税を上げる国策として「すぐに出さないと腐る」と謳われ新酒が好まれるようになったそうだ。五十年前、アメリカに行った友人から三十年物の日本酒を飲み衝撃を受けたという話を聞き、全体の数%を熟成させたことが始まりだとか。さっそく情熱のつまった熟成酒をいただく。三年熟成は晩酌に調度良い切れ味とまろやかさ。年数が上がっていくにしたがって、紹興酒に似た味わいになり、十年物はチーズが合いそうな濃厚な味わい。こりゃあ、お土産も増えます。

酒屋さんを出て少し歩くと明治から続く醤油屋ヤマミがある。蔵には木の桶がピラミッドみたいに並び、一つ一つ丁寧に手作りされているのがわかる。「私達の代で終わりなのよ」と話す女将さんが見せてくれたのは、原料袋で作ったというペーパーバック。「可愛い！」と私達が反応すると、「お父さんに聞かせたいわ！」と女子トークの花が咲く。そうこうしていたら、電車の時間が間に合わないと大慌ての私達に「乗りなさい！」と、駅まで車で乗せて行ってくれた。帰って使ってみたお醤油は驚くべき美味さで、女将さんの優しい顔を思い出し、何とかこの味を残せないものかと考えてしまったのだった。

旅のクライマックスは観光地としても有名な内子。卯之町や宇和島がおばあちゃん家のようなアットホームな田舎なら、内子は京都や金沢といった洗練された田舎の印象を受ける。内子座や旭館など当時から娯楽施設も多く商人の大きな家が今も軒を連ねる。地元の商店の中に上手く観光施設を融合させた町並みは、江戸、明治、大正、昭和と様々な時代のレトロさが入り混じっていて面白い。織田氏が木材を船で運ぶときに休憩地として立ち寄ったところから商人の町、宿場町として栄えたと教えてくれたのは、酢卵で知られる森文のおじさんだ。米酢とパパイヤ酢に宇和島産の有精卵を殻ごと入れて溶かしているというお手製の酢卵、恐る恐る飲んでみたら意外とおいしいのね。すんごい元気になりそうだよ。

燐助《りんすけ》さんで遅い昼食に鯛めしをいただき幸せいっぱいの我々に「ドイツのローテンブルグと姉妹都市で十月頭にはジョッキを持って店を移動できるお祭もあるのよ」と奥さんが教えてくれた。「なに〜！　来年も行くしかないね。」と、私達は最後の締めに、やっぱりドイツビールで乾杯した。ぷはあ、楽しかったなあ。

仕事だということを忘れて本気で旅した結果、南予にまた絶対来ようって思った。重い重いお土産を抱え私達は松山行きの電車に乗った。

金歯

ある朝、ご飯を食べていると口の中で絶望的な感触がした。恐る恐る吐き出すと、白飯と同色をした歯の詰め物だった。何度経験しても、あの瞬間は暗闇に突き落とされた気分だ。恐怖に耐え歯医者に通った日々がたった五年でオジャンになるなんて。「お大事に〜」と終始笑顔だった眼鏡太っちょ先生が恨めしかった。宿題と歯磨きを怠ったことはない。酔っ払ってメイクは落とさなくても歯だけは磨いて寝た。それなのに数年経てば、電化製品みたいにどこかが壊れる仕組みだ。これが心臓だったら大変なことだが、歯に対して「医療ミスだ！」と訴える人はいない。どうやら皆、歯医者ってそんなもんだと思っているらしい。

私は書店に走り名歯科医の本を買い漁った。もう許せない。一体歯にどれだけの時間とお金を費やしたことか。何よりあの耐え難い恐怖をこれ以上野放しにはできない。

こうして辿り着いたのは、無愛想な上麻酔はしない主義という歯科医院だった。震える左手を上げ「痛い」と言うと、歯科医は説き伏せた。

「現代は、汚いことや痛いことがなさすぎる。これは人生に必要な痛みだよ」

なるほど、仰る通り。トイレは水洗、道はアスファルト、確かに汚いものに蓋をしすぎだ。納得し、〈人生の痛み〉を一旦受け入れることにした。涙目になるとホメオパシー療法なる、仁丹ほどの魔法の粒を舌下に放り込んでくれた。でもやっぱり痛いもんは痛い。私は意を決して聞いてみた。

「先生が虫歯になったらどこの歯医者に行くんですか？」

「そりゃあ、埼玉のA歯科しかないね。あそこはすごい技術だよ。一度治療すると二度と虫歯にはならない」

ふむふむ、埼玉。家から二時間弱かかるが、遠距離恋愛だとしたら近いもんだ。私は一世一代の浮気を敢行することにした。

クリスマスのネオンがギラギラする駅前を通り、新しい世界の扉を開けた。A歯科は野戦病棟みたいだった。だだっ広い部屋に並んだ十台の診察台は地獄の合奏をし、子どもの叫び声が副旋律を奏でる。その中を医師たちがバタバタと走り回った。これぞ〈人生の痛み〉である。歯科助手は二十名近くおり、いまだにナースキャップに白いタイツの天使風だが、あくまで「風」だ。外観がボロい居酒屋は、とびきり美味いかとびきり不味いかのどちらかに別れることが多いが、A歯科にもそれと同じものを感じた。しかもとびきり美味い方のだ。

レントゲンを撮ると、以前治療した歯は無残にも虫歯になっていた。白髪の院長は激怒した。

「虫歯を取りきれてないまま詰めるから再発するんだ。これは完全なる医療ミスだ！」

ああ、やっと出会えた。

街に再びクリスマスのネオンが取り付けられる頃、私の奥歯は金の詰め物に変わった。見た目の良いセラミックよりも金の方が耐久性も柔軟性もあって適しているのだそうだ。ホワイトニング全盛期に、私は歯をギラつかせながら生きてやろう。人間、少々匂うやつの方が魅力的に決まっている。

「審美より大切なことは、過酷な口腔内を五十年耐え抜く力です」

そう言って黄金の歯を授けてくれた先生は別れの言葉もないまま他の診察台へ走り去った。五十年後、私が死んだとき骨と一緒にこの金も拾ってほしい。

立石の冒険

友人に立石に行くと言ったら「宇ち多に行かなきゃ京成立石は語れないよ」と言われた。有名なホルモン屋らしいが、二軒目に行ったら入れてくれないとか、四十分で追い出されるとか、どうも手強そうだ。

編集者、カメラマンと立石駅に集合し、恐る恐る商店街に足を踏み入れる。そこはアジアだった。漬物はむきだしで陳列されているし、魚の目はギラギラ光るし、ビーサンで歩きたくなる開放感、まるで台湾の市場のようだ。アーケードの入口付近でさっそく噂の行列を発見した。「裏へ回りな」と寅さん風のおじさんに助言され、行ってみるとこちらにも規則正しく列が続くではないか。言っておくが平日の正午、開店一時間前だ。

仕方ないので開店まで商店街をぶらついていると、店先でおでん種を作っている揚げかまぼこの丸忠さんと出会った。実はもうお腹がグーグーだったのだ。おでんを選んでいると、ピンクのニット帽を被ったおばあちゃんがやってきて「娘さんにこれ、バレンタインだからね」と板チョコを渡している。「皆こんな風に温かくてね。でもたまに昨日のはしょっぱかったよなんてこともあるんだよ。その時言ってくれりゃいいのにねえ」とお母さん。明日の味をお客さんと作るなんて近所みんなで食卓を囲んでいるみたいで良い。あさり入の揚げかまぼこは言うまでもなく最高だった。

服の暖簾をかき分け登場したのは立石の名物おじさんこと、婦人服の大阪屋さんだ。「EXILEのNAOTOも、嵐の相葉君も来たの。うちの服使って表参道で番組やったら視聴率良くてさ。この店載せたらあんたらの雑誌も売れるよ！」おっちゃん、大阪屋だけに関西人かと思ってしもたわ。延々と続く一人舞台から逃げるように隣の店に移動。

お隣は浅草の本店から暖簾分けで立石に来て四十年という木村家人形焼店さんだ。人形焼の他にも、ショーケースには愛らしい鳩の瓦せんべいや生姜煎餅など素朴なお菓子が並ぶ。「焼きたての人形焼は最高だよー」と代わりに商品を説明してくれたのは常連のお兄さん……あ、既に一杯引っかけてますね。「壁一枚で仕切られてるだけの店でしょ、休んでるお店があったら、大丈夫かなって心配になるんです。家族みたいだね」と奥さん。「ガキの頃からの付き合いだから『また髭伸ばしてー』って叱られたり、この辺にはまだお節介おばさんがいるよ」とご主人も笑う。この街にいると子どもの頃にタイムスリップしたみたいに、どんどん素直になれる。人形焼ももちろんのこと、お土産に買って帰った瓦せんべいは後を引く美味しさだった。

商店街を一周して私達はようやく行列に戻ってきた。メニューが無いと聞き、慌てて常連さんに教えてもらっていたら「一人だけ入って」と。リュックを前に抱えて、ついに出陣である。「何飲む？」「し……焼酎、ぶどう」教わった通り言えた。一升瓶から受け皿に溢れて焼酎が注がれ、そこに秘伝のぶどうシロップをたらり。「初めてなのに凄いよ」と相席の人に褒められる。何だみんな最初は失敗してるのかと思うと少し気が楽になって、三人揃う前に私は二杯目に突入。ぶどうシロップの焼酎は意外と癖になる。調子に乗って喋っていたら「そこ声が大きい」と注意された。危ねぇ、つまみ出されるところだった。

〈ニコミハハツモトイレテ〉〈シロタレヨクヤキ〉さっきから色んな呪文が店内を飛び交っている。〈アブラスクナイトコスヤキノオス〉真似して最長の呪文を唱えてみると奇跡的にそれらしきものが来た。なるほど、どこの部位かわからないけど素焼きにお酢らしい。どれもこれも臭みがなくて美味しいのだが、新参者の私にとっては注文が通った感動の方が大きかった。四十分をオーバーしたところでルール通り、私達は次なる店を探しに出た。立石は人間臭い、生きている街だった。三軒目の店で宇ち多で相席をしていた人達と再会し夕闇の中私達はハイタッチした。

両国さんぽ

両国駅にAM十時。相撲好きの私だが、こんな時間から両国で遊ぶことはまずない。相撲以外の両国散歩にワクワクというかちょっとそわそわしていた。

編集S氏と、駅で待ち合わせてまずは両国攻略会議inニューストン。年期の入ったオレンジ色の照明が良い味を出すレトロな喫茶店だ。マスターは無愛想気味だけど、ブルーマウンテンが四六〇円とはなんと優しい。朝からケーキセットにしてしまった。地図を広げて今日の段取りを立てていたら、うほー、蠟燭の立ったチーズケーキが登場。えっと、私の誕生日は四月ですし。驚く私にマスターは照れ笑い。「両国へようこそ」そう言ってお出迎えしてくれている気がして嬉しくなった。幸先良さそうだ。

美味しい朝をいただいた二人は回向院に向かう。その途中にも誘惑はたくさんある。相撲マークが気になって入った国技堂は、おせんべいアイスが名物の和喫茶らしい。

一階に並ぶ相撲グッズでS氏、さっそく相撲絵のバスタオルを買ってしまった。確かに格好いいが、旅は始まったばかりですぞ。国技館通りには歴代横綱の手形が並ぶ。手を重ねてみる。サイズは色々だけど、みんなこの手で闘ってきたんだなと思うと胸が熱くなる。鬢付け油の匂いが漂い、ふと顔を上げると綺麗に髪を結った力士が歩いていく。着物姿のご婦人、古い町並み、ボタンや繊維の問屋さん、青空の下の両国は夜にはない香りがした。

回向院は昔から、身寄りのない人や罪人、動物まで全ての命を葬ってきた寺院だ。勧進相撲興行を行ってきた由縁か、力塚という相撲関係者を供養するための石塚もあった。天下の大泥棒、ねずみ小僧もここに眠っている。ねずみ小僧を型どった石を削ってお財布に入れておくと金運アップなんだとか。私もゴリゴリ。ご利益ありますように。ご本尊の阿弥陀如来を拝ませてもらい、最近持ち歩くようになった御朱印帳に回向院の朱印を押してもらう。寺を出ると、「式守」という表札を発見！　この名字、行司の式守伊之助さん家かなあ。

いろんな相撲部屋を横目に歩いて行く。場所中は見学こそできないみたいだけど、今度は朝早く行って稽古を見てみたい。

歴史好きな私たちが次に目指すのはやっぱり吉良邸跡でしょう。その道すがらも、至る所に石碑や史跡看板が立ち並ぶ。勝海舟、山岡鉄舟、芥川龍之介、葛飾北斎に池波正太郎、その他にも私達が知らない史跡が街中にうじゃうじゃ。もはや街全体が史跡だな。私が歩くこの道を彼らが闊歩したのかと想像するだけで興奮してしまう。吉良邸跡は思ったより小さく、それもそのはず八十六分の一なんだって。じゃあこの八十六倍だったってこと？この辺までお屋敷だったかな。そんなもんじゃないでしょ、あそこの角までは確実に敷地でしょ。妄想話の桜満開、これが街歩きの醍醐味だ。

明治二年創業という和菓子屋、大川屋さんで隅田川最中をいただく。天気も良いので外のベンチでパクリ。両国でこんなのんびり旅ができるなんて。続いて両国緑処さんにも寄ってみる。柳橋にある老舗小松屋さんの佃煮やお土産が並び、休けいもできるお店だ。冬限定の牡蠣やホタテの佃煮が絶品で、お茶まで出していただいてほっこりしていると、店員の鈴音さんが「一曲聞いてもらえますか」と三味線で小唄を歌ってくれた。昔から、商人は一芸ができた方が粋だといわれたそうだ。お客さんを楽しませるのもおもてなしの一つだった江戸の文化、それを引き継いでいる鈴音さんは格好良さと細やかさのある両国の似合う女性だった。

相撲の街に外せない場所があるということで、私達は明治四十年創業のライオン堂へ。なんと3L以上の洋服屋さんだ。ウエスト一七〇センチのジーパンの片足にすっぽり入ってしまった私。ベルトは一八〇センチ。ガリバーの世界に来たようです。サイズがなくてもライオン堂オリジナルの商品であれば特注で作ってもらえるそうなのでご安心を。水着から礼服まで何でも揃う、正にキングサイズの駆け込み寺だ。

キングサイズを堪能した後は、布団の高はしへ向かう。創業当時は浜町のお座敷などに納める座布団を作っていたそう。今でも国技館で使われている控え力士の座布団を作っているそうで、「若貴時代に相撲のごひいき筋が集うようになったことをきっかけに相撲グッズもどんどん増えていったんだよね」と店主の高橋さんが話してくれた。タオル、レターセット、お箸など数々の相撲グッズが目を引く中、「足袋ひとつ」と稽古終わりの力士さんが日用品を買いにやってきたりもする。実際髪を結うときに使う鬢付け油、オーミすき油も発見。嗅いでみるも、今朝の力士から漂ってきた芳しさはない。「人の脂とか汗と混ざらないとあの甘い香りにはならないんだよ」と高橋さん。あの香りは相撲に精進した人だけが得られる勲章なのかもしれない。

話に熱中しすぎて、お昼ごはんを食べ損ねてしまった。もうお昼はどこも終わっている時間だった。両国一周歩きまわって、そばの玉屋さんへ辿り着く。討ち入り定食も気になるが、人気ナンバーワンという玉屋定食を頼む。蕎麦も天丼も美味しい、というかお腹が空きすぎていたことに食べてから気付く。そば稲荷なるものも頼んでみた。お揚げの中が……蕎麦！　酢飯ならぬ酢蕎麦。うわ、美味しいではないか！　今年の初体験だった。

ご飯を食べたら何だか眠くなってきた。夕暮れの旧安田庭園の池を眺めながら、二人ぼんやり黄昏れる。ああ、一日よく歩いた。だが私達は朝から狙っていた浪花家の鯛焼きを諦めきれず、再び歩きはじめる。ぱくり。しっぽまで、あんこが入ってなんて幸せな味だろう。力蘇り胃袋も復活。よし、締めはちゃんこだ！　いつも満席のちゃんこ屋川崎に一か八かで向かったら、よっしゃ、両国の女神が味方してくれて、カウンター席に滑りこむことに成功。ちゃんこに焼き鳥、樽出しの日本酒。よく歩いたご褒美といわんばかりに、至福の時が待っていた。目と鼻の先で闘っている力士達がカウンターの中のテレビで熱戦を繰り広げていた。今朝嗅いだ鬢付け油の香りが匂ってきそうだった。

久美子の両国散歩map
たい焼の浪花屋
しっぽまであんこ
一息つこう
第一ホテル両国
卍 慈光院
旧安田
一丁目茶屋
レトロでとってもおちつける喫茶店
江戸東京博物館
とっても広いので、時間のあるときにな！3/27まで5、6Fは休みです
都営大江戸線
両国St.
清澄通り
すもうグッズならココ
いっぱい買った
高はし
3L〜のライオン堂
入っちゃったよ
そばの玉屋
京葉道路
※時津風部屋
芥川龍之介の通った小学校
勝海舟生誕地
小松屋のお姉さんがしゃみ線と唄をうたってくれた本当に素敵だった
※この辺りは、相撲部屋密集地です。朝げいこを早朝から行って見学させてもらうのもおススメ!!
(必ず予約するコト)

ちか来た
池が心の形らしい
せっかく来たのに休み…
水上バス
水上バス〜 月ようは休みだから要注意!!!
両国国技館
花の舞
JR 両国st
西口
東口
Sumida River
めっちゃおいしいぞ〜
ちゃんこ川崎
国技館通り
どこ行くか会議はここで
横綱横丁
ちゃんこ巴潟
国技堂
おせんべいアイス!?
芥川龍之介生育の地
すもう写真資料館
回向院
ねずみ小僧
グリグリ
両国橋
ちゃんこ大内
吉良邸跡
討ち入りじゃ〜
大川屋
最中おいしい

足のふるさと

昨年の夏、妹とベトナムのサパという棚田の美しい町を旅していた。そこで、ひょんなことから少数民族の赤ザオ族のお宅に泊めてもらうことになった。地元の方と親しくなることは度々だが、いきなり泊めてもらうのは初めてだ。民族衣装の赤い頭巾を被ったメイさんは、村から六時間かけて町へ歩いてきては自分達が刺繡した鞄などを売り歩いていると明るく話した。「私は一回も学校に行ったことないけど、子どもは学校に行かせたいからね」話をしていたら彼女の家に行ってみたくなって、彼女も「いいよ、おいでよ」と言うので覚悟を決めて翌朝、一緒に彼女の家を目指すことに。雨がふりしきる上、アップダウンの激しい山道を六時間だ。トレッキングシューズでもずるずる滑るのに、彼女の足はビーチサンダル一丁！　余裕の顔で「ここに足かけて」と、私の手をひいてくれた。

山をいくつ越えただろう。棚田の奥に素朴だけれど丁寧に作られた竹の家が出現した。優しい旦那さんや子ども、両親や義理の兄弟家族も隣で暮らす、かなりの大家族だ。開け放たれた扉から光差し込む土間で、子どもも大人もみんな裸足で歩いていた。犬も豚も鶏も人も、ここではみんな裸足だ。トイレは大地へ返すのみ、本当に必要なものだけがあるミニマリストの極みだった。

「え！　糸から作るの？」私は驚いた。メイは土間に座ると金具を足の親指にひっかけて、器用に刺繡糸を紡ぎ始めたのだ。親指から真っ直ぐ空に向かって伸びる黄色い糸は太陽を吸ってピカピカ輝き、そこに彼女の歌う民謡がのっかる午後は今の私の生活にはない豊かさに充ちていた。メイや女の人達はできたばかりの糸で刺繡し始めた。目を見張る速さで。いたずらっぽく「あなたたちも刺繡してみる？」と言う。一番簡単な花の形のパターンを教えてもらったけど、手品みたいだ。失敗しては直してもらいを繰り返しその度に女性たちは楽しげに笑った。

雨が上がったので子どもたちと遊びにいくことになった。外だって子供達は靴を履かない。頑丈なトレッキングシューズを履いている自分達が滑稽に見えるくらいだ。雨上がりのぬかるんだ坂道、ずるずる滑って一メートル進むのもやっとだというのに子供達はその様子を可笑しそうに見ながら、裸足で駆け上っていく。足の裏は弓なりに反り上がって甲は岩のようで、野生の大きな足をしていた。地下足袋を履いて山や田で働いていた祖父の足みたいな、ああいう凜々しい足を見るのは久々だった。私もサンダルを脱いで土間の上を裸足で歩いてみた。冷っこくて、硬くて懐かしくて、足の裏のふるさとは土だなと思った。この目が新緑を求めるように、口が清水を求めるように、足は土を喜んだ。

日本はもうすぐ田植えの季節。耕作放棄地が増えて、水をたたえる田も少なくなったが、サパに負けないくらい日本の田園風景も美しい。今年は畦周りの田植えだけでなく裸足で田の中を歩いてみたい。

モネと南瓜

香川県と岡山県の間に浮かぶ、直島の宿にて原稿を書いている。今でこそ日本中で芸術祭が開催され、アートめがけて都会から若者が押し寄せるようになったが、そのさきがけの一つになったのが直島を中心とした瀬戸内の島々だった。初めて直島を訪れたのは十二年ほど前、まだ瀬戸内国際芸術祭と呼ばれてない頃だった。トレードマークの南瓜と、建築家・安藤忠雄氏の代表作となった地中美術館は印象的だった。コンクリート打ちっぱなしのモダン建築の中でモネの「睡蓮」は静かに私を見つめた。まるで数十年前からここにあったように島の奥地に鎮座している。胸が熱くなる出会いだった。それから毎年のように瀬戸内の島々を巡るようになった。

あれから十二年、情報に溢れる時代に、そこでしか見られない、味わえない良質な体験を求めて島へやってくる人が後を絶たない。芸術祭期間中はフェリーが満員で乗れないこともあるほどだ。「こんにちは、いい天気ですね」「こんにちは。どっからきたん?」芸術が目的でやってきた若者をとりこにしたのが島の自然と島民とのコミュニケーションだった。東京では考えられないことだが、道行く人といつのまにか話をしている。スマホで何でも手に入る今、本当に若者が求めているのは人の温かさだったりする。直島のお隣、豊島では民泊をさせてもらうことが多い。漁師さんの家や、老夫婦の家で一緒に料理をし、わいわいと晩御飯を囲む。親には相談できないことが言えたりするんだと以前同泊した女性が言っていた。当たり前のことに皆飢えているのかもしれない。

そんな交流の中で豊島が産業廃棄物問題と闘ってきた歴史を知った。資料館へ行ったり実際に活動してきた方の話を聴いたりもした。ニュースで知るのとは温度が違う。東京にいても島の名前がテレビに出るだけで彼らの顔が思い浮かんだ。世界中がこうして友達になれば争いは無くせるはずだと思った。

作品の前で「ようわからんわー」と言っている人を見かける。確かに何回行ってもわからん作品はわからん。地中美術館にある米国の作家ウォルター・デ・マリアの作品が正にそうだった。広間に伸びる階段の中腹に直径二・二メートルの巨大な石の球体が置かれ、壁のあちこちに金色の角材が並ぶ美しくも不思議な空間。どう解釈すべきか悩ましく、初めはすぐ立ち去った。だが十回以上訪れるうちに、気がつけばこの作品の前に佇むようになっていた。答えのわからない作品は、何回見ても飽きなかった。ただ空間に身を委ねるだけの贅沢な時間だ。芸術はその時々の気持ちによって見え方が変わってくるから面白い。それはつまり自分と対峙する時間なのだ。アート作品と、瀬戸内の自然は呼応し合い、いつも私達の気持ちに寄り添ってくれる。

島に来るたび、たゆたう海や満点の星空を見て、これこそが地球最初の芸術であると思う。それに今年も顔なじみの方々と元気に会えたことは芸術に勝る喜びだ。

旅を食する

六月のバルト三国は、まだ二〜三度ほどでセーターにダウンジャケットを着こみ、上からナイロンのジャンパーを羽織る寒さだった。靴下は二枚履き、ヒートテックも必需品である。

徳島にいる妹から夏の旅行について連絡が来るのは毎年正月あけで、私もその頃から密かに今年の旅先について考えている。私はアジアが好きなので、妹との旅はタイやカンボジア、台湾などアジアばかり。猛烈な暑さの露店で、汗をかきながらタイスキや、魯肉飯を食べるのが心身ともにデトックスになっていい。でも今回は、一度はヨーロッパに行ってみたいという妹の希望を叶えるためにも、涼しい国もいいかもしれないと思っていた。最近興味を持ったのがフィンランドと海を挟んで下に位置するバルト三国だった。というのも、バルト好きの友人が、六月の第一土曜と日曜に開かれるラトビアの民芸市が最高だから絶対に行ってみたほうがいいと大絶賛していたからだ。

やっぱりここかなあ、と地図を広げ考えていたら妹から電話がきた。第一声、

「久美ちゃん。今年の旅行なんだけど、バルト三国がいいんじゃないかなあ」

おお！　妹よ！　流石としか言い様がない。イルカ並の信号を送っていたのかしら。最近編み物にはまっている妹は、手編みを極めていくうちにミトンなどの編み物で有名なラトビア編みに辿り着いたらしいのだ。そういうわけで、ラトビアの民芸市の日程に合わせてフィンランドとバルト三国へ行くことになった。

約二週間の海外はさほど長く感じないが、ヨーロッパとかアメリカとなると米好きの私は食に折れそうになるときがある。イタリアに一カ月ほど行っていたときは、完全に折れてゴール直前に然程おいしくない日本食を食べてしまい後悔した。なんだか負けた気分になる。やっぱり、旅をするからにはその土地の生活に馴染んでみたいと思う。観光にやっきにならず、そこに住む人々の日常に溶け込みスーパーや市場に行って食材や日用品を買って、気ままに川沿いなんかを歩いていたい。備えあれば憂いなしということで、今回はあれが必須だなと思った。まず、母が漬けた梅干し。それから、おじいちゃんが大好きだった落花生せんべいと鼈甲飴も鞄の中に忍ばせる。レ

トルトの味噌汁とか納豆とか、日本の味がほしいのとはまた違うのかもしれない。食べ慣れている母の梅干しと、落花生せんべいがあったら、教会にいても黒パンばかりかじっていても、体の中からホッとできる。ちょっとしたお守りのようなもの。

実際に今回の旅で、最初に梅干しを開いたのは、フィンランドの二日目の朝だった。絶対パンしかないだろうと思っていたのに、ゲストハウスの朝食にお粥が出ていたのだ。ちょっと茶色っぽくて水気の少ない、お餅のような存在感のあるお粥。その隣に、スグリのジャムが赤々としている。横には砂糖も。まさかねえ、と妹と顔を見合わせた。日本のとちょっと違う、麦がベースのお粥は、つるつると、何だかこしのあるうどんを潰して食べているようで美味しい。「これ、明日はうめぼし入れて食べようよ！」翌日の朝、梅干し持参で食堂へ。梅干しをinしてお粥を食べる。おお、新食感。ちょっとデザートみたいで、これはこれでいけるねー。はしゃいでいると、妹が「久美ちゃん、隣、隣」と慌てている。わ、隣のおじさん、お粥にジャムinで食べている。そうかミルク粥ってこんな感じなんだろう。「やってみなよ」と互いに押し付けながら、私達は二杯目も梅干しで食べてしまった。チャレンジ精神のない奴らめ。だって、この先のことを考えるとお粥に梅干しというベストな誘惑からは逃れられなかった。スグリは確かに梅干しと色が似ている。酸味もあるし食感もちょっと近いかな。国が違えば食べ方もそれぞれだが、組み合わせの発想は近いものがあるんだなあと驚いたのだった。

私の旅はいつもリュック一つだ。沢木耕太郎に憧れて始めたんですよね……と言う男性は多いが、ここに一人、女もいる。バックパッカーの友人は、荷物を背負って自分の足で歩くというところに人生の哲学があると言うが、わからなくもない。着替え一組、水と食料、そしてパスポート、生きるための最小の荷物をわざわざ背負って、文明が発展した街を歩きまわるというのは、野良犬にも近い感覚だ。群れず、欲さず、目と耳と勘で行動する。ドミトリーの部屋でいびきに耐え、ありえない失敗に出くわし、ときに素晴らしい出会いに涙し、理不尽な人々に憤慨し、でも結局旅って素晴らしい、人って素晴らしいなんて思いながら帰路につく健全な旅。今回も、連日ゲストハウスだ。ゲストハウスのいいところは共同キッチンがあるところだ。旅をする色んな国々の人たちと会話しながら朝食を食べ、気づけば昼になってるなんてこともよくある。国事情や、今までの旅の話、ときには買ってきた食材を一緒に料理して夕飯を食べることもあり、これがバックパッカーの醍醐味ともいえる。

ところが最近のバックパッカーの大半がスマホ携帯なのだ。そして、どの国もフリーワイファイなる、あさましきエリアを作っていやがるのだ。バルト三国もその代表で、日本以上のIT先進国で驚いた。バスの中でも、駅でも、スーパーでも隙を見せれば、フリーワイファイの文字。おいおい、地図を広げなさいよ。人に聞きなさいよ。あげくの果てには、道を尋ねると、「スマホで詳しく見られるでしょう?」と。「持ってないんです」と言うと、原始人でも見るような目で見て、「バーイ」と去っていく。フリーワイファイスポットは便利な半面、私達からすると、自分で調べて勝手に旅してねと突き放されているようにも思えた。ゲストハウスに帰ると、明日のチケットを取るために、旅人はスマホをいじっている。「オンライン予約した方が安いんだから君たちも絶対した方がいいよ」「はあ」「フィンランドからの船はいくらだった?」「〇〇ユーロ」「高いよ! それネット予約した?」「してない」「オーマイゴッド!」五年前まではなかった光景だった。スカイプで彼女と二時間も三時間も話している奴までいるではないか。沢木さんに言いつけてやりたい気分だ。何でも下調べできたら失敗することはない。損することもない。その代わり、人と話すことも殆どなければ予期しなかった感動に出くわすこともない。果たしてそれを旅と呼べるのだろうか。

去年、台湾の田舎町、台東を旅したとき、予約したはずのゲストハウスがないという事態に遭遇した。もちろん私達は携帯を不携帯である。町の人々に聞き、地図を見ながらようやく辿り着いた場所はどこからどう見ても団地だった。辺りはもう薄暗く、商店はシャッターを下ろし始めている。団地の駐車場で立ち尽くす二人に、孫が運転する原付の後ろに乗ったおじいさんが「何してるな？」と、へんてこな日本語で話しかけてくれた。台湾は第二次世界大戦が終わるまでの五十年間日本に統治されていたので、日本語を喋れるお年寄りが多いのだ。「あのう、このゲストハウスに泊まる予定なんですが、ここ団地ですよね？」地図を見せながら尋ねる。「ここ？　家だな。ホテルないな」ゲストハウスの電話番号を見せると、おじいさんは孫の携帯を借りて電話しはじめた。台湾語でちょっと怒っているみたいだ。多分「かわいそうに、女の子二人迷ってるよ！」とか言ってくれたのかな。電話をきると「大丈夫、ここで待ってたら来てくれる。ホテル移動したんだな」と道沿いまで案内してくれた。私達は藪蚊に刺されながら、迎えが来る三十分間日本語で話をした。孫がきょとんと見ていた。炭坑節を歌ってくれたり、おいしい屋台の場所を教えてくれたり日本語が懐かしいとも言っていた。日本人が好きなんだ、とも。少し涙が出そうだった。日本が台湾を統治した歴史は決して許されることではない。日本文化を教育されたことにより消えてしまった台湾文化もあるだろう。人によっては様々な感情を抱いているだろうけれど、おじいさんは昔を懐かしむように私たちと話してくれ、日本語なんて何十年ぶりに喋ったかなあと目を細めた。二人と別れた後、迷って良かったやんね、と妹と話した。

ネットはなくとも十分良い旅はできる。むしろもっと良い旅ができると思っている。いくらスマートに世界遺産を巡り、美味しいものを食べ、高級なホテルに泊まっても得られないものはたくさんある。私はそういうものが欲しくて旅をしているのだと思う。

さて、食の話に戻ろう。今までの旅でもそうだが、フィンランドでもバルト三国でも、私達はその町の台所と言われる市場へまず行ってみる。北欧ならではの鉄の塊のような黒パンや日本では十人前だなと思われる肉が並ぶ。そしてやはり海の幸が豊富ですこと。同じサーモンなのに、鯖なのに、どうして日本のよりも遥かに大きいのかなあ。そうそう、公園でパンを食べているときに寄ってきた鳩とか雀も日本の倍くらいの大きさだった。やっぱり食文化の違いで、魚や鳥まで大きくなったのかねえ、などと妄想話をするのも楽しい。フィンランドのマーケットの中で一際輝いていたのがチーズ売り場だ。驚く無かれ、日本で言うなら、野菜コーナー全部がチーズだ。ものすごい種類。「あの、これの半分の半分の半分って売ってもらえます?」「はいよ」ちょっと面倒くさそう。だって私の顔くらいあるんだよ! ウォッシュチーズとヤギのはちょっと苦手なんだよなあと伝えるにも市場では英語がなかなか伝わらない。匂いをかがせてもらって、あとは勘でいく。まあ臭いのにも出会ったが、これがまた不思議なもんで、北欧で食べてたら慣れてくるんだよなあ。煮込み料理や、サワークリームなどしっかりした味付のものを日々食べていたら人の感覚って変わってくるのだという発見も面白く、こうしていろんなものとの相互作用で食文化ってできてくるんだなあと思った。焼きチーズといわれるフィンランドの焦げ目のついた平たいチーズが私達のお気に入りでいつも持ち歩いて食べていた。パンとチーズさえ持ってればこっちのもんだ。電車の中でも公園でもサンドイッチにしてパクリ。ついでにあんずとかすももとかも買っておいて、朝食にすることも多かった。

「お母さんに持って帰ってあげようよ」と妹が言うので、お土産に焼きチーズや、何種類かのカマンベールに近いチーズ、それからラトビアのライ麦パンなどを持って帰った。薄々気づいていたが、やはりそうだった。持って帰って食べたチーズの濃厚さは日本では際立ちすぎて、焼きチーズ以外は一切れで母も姉もアウト。いつも思うが、お土産にした途端に味は半減する。新潟の酒は新潟で飲むのが一番美味いし、北欧のチーズは北欧で食すのが一番だ。その土地の気候と食文化のなかで作られた食べ物は、その場所が最も合うようにできているのは当たり前のこと。そして、巡り会えた喜びもきっとプラスされている。

今私は家庭菜園に夢中になっているが、家庭菜園にも同じようなマジックが隠されている。それは、我が子が一番かわいいということだ。茄子も胡瓜もトマトもゴーヤも、こんなプランタの窮屈なところでよくぞ大きく育ってくれた。採りたてとか無農薬という喜びもあるが、何よりも私が育てた私だけの味、つまりどこにもない野菜というのがたまらんのだと思う。土をいじっているうちに思う。同じ土に同じ水なのに、トマトはトマトとして胡瓜は胡瓜として育つ種の不思議。一つとして赤い胡瓜はないし、緑のトマトもいずれ赤か黄色になる。ちなみに自慢させてもらうと、今は、空芯菜やオクラ、枝豆、水菜、ハーブ、葡萄、レモン、西瓜《すいか》までもが育っている。この春にはジャガイモも収穫した。やはり私も農家の種を引き継いでいるんだなあと、トマトを見ながらしみじみ思った。友人が来た時などに出せるのも誇らしい。東京のマンションでも、どうだい立派にできただろう、と。焼き茄子にし、煮浸しにし、酢の物にし、日々野菜日和だ。このように、食べ物の記憶は「おいしい」を超えたところで残っていく。きっとそこに辿り着くストーリーとか、憧れとかそういうのが大事なのだ。

ラトビアの民芸市も大いに楽しみ、私達は最後の国リトアニアに来ていた。二人がどうしても行きたかったのは、首都から電車で一時間ほど行ったところにある、カウナスという街での旧日本大使館だった。ナチスドイツから多くのユダヤ人を救ったことで有名な杉原千畝が駐在していた大使館だ。第二次世界大戦時、ヴィリニュスがロシアに占領され首都がカウナスに移ると、ポーランドから亡命するためユダヤ人達が日本の通行ビザを求めて日本大使館までつめかけた。杉原は二週間殆ど眠らず通行ビザを書き続け、約六千人を超えるユダヤ人を救ったと言われている。日本人として、この大使館へ行かないわけにはいかない。早朝に出発しカウナスに向かう。到着するもなかなか場所がわからず地図を見てうろうろしていたところ路地に入ったところで突如巨大な市場に遭遇。まだ開館までには一時間もあるしね、と二人は、誘惑に負けて花のアーチの中に吸い込まれていった。花屋が二十以上も軒を連ねたかと思うと、その先は真っ赤ないちごの道だった。一・四ユーロという値段に二度驚く。透明の大きなパックには軽くざる二杯分のイチゴが積み上げられている。持って歩いていたら腐るかもなあという心配もあったが、イチゴをお腹が壊れるほど食べたいという欲望には勝てず、私達はイチゴ屋をくまなく見て回り、一番新鮮そうなパックを買った。

さて、そろそろ行かねば。しかし場所がわからん。困っていると市場の人がわらわらと集まってきて、地図を覗き込み始めた。「チウネスギハラ。スギハラチウネ」と尋ねても皆首をふる。困ったなあ、と思っていると、菖蒲の花を丁寧に抱えた可愛らしいおばあさんがやってきた。そして「OH! SUGIHARA MUSICO」と叫んだ。「スギハラ無事故？」ええと……ムジコって……ミュージアムのことか！「そうそう、そうです。スギハラムジコに行きたいんです」人々の日が変わった。「あなたたち日本人なのね？　スギハラの大使館に行くのね」杉原千畝がカウナスの人々から大切に思われていることがとても嬉しかった。「私が案内しましょう！」少し英語が話せるという先程の花を抱えたおばあさんが名乗りでてくれた。リトアニアのおばあさんと日本人二人の旅が始まった。おばあさんの花を私が抱えて、歩きながらいろんな話をした。家族のことや趣味の絵のことも。途中、おばあさんの絵を展示している施設にも連れて行ってくれた。日本が震災にあったとき女性たちが福島のことを毎日お祈りしたということも話してくれた。こんなに遠く離れた地のために毎日お祈りしてくれた人がいることに衝撃を受け、嬉しくて、日本のみんなに伝えたい気持ちになった。色んな人に道を聞きながら、おばあさんは何度も途中のトイレなどでお水を飲みながら、坂道と急な階段を登り、ようやく丘の上の大使館に到着。入場料を払おうとしたら、「あなたたちはこの町のゲストなんだから」と代わりに払ってくれた。ビデオ鑑賞はおばあさんも一緒だったが、その後はそれぞれに館内を見学していた。ふと見ると、おばあさんが帰ろうとしている。慌てて駆け寄ると「あなたたち帰り方がわからないんじゃないの？　一緒にいましょうか」と言うので、「もう大丈夫だよ。ありがとう」とお礼に鼈甲飴を五つ渡した。このまま拘束しておくのが悪い気がしたからだ。

「そう？　じゃあ行くわね」と言ったときのおばあさんの表情がすごく寂しそうで私は戸惑ってしまった。私達のことをドーターって呼んでくれていたけど、きっと本当にそう思ってくれていたんだ。別れた後もしばらく大使館を見ていたけれど、どうもおばあさんのことが気になって私達は追いかけた。何度も休憩しながら登った心臓破りの階段にも、公園にもおばあさんはいなかった。広い公園のどこかに座って休んでいる気がして探したけど、もうどこにもいなかった。一緒にランチでもすれば良かったな。携帯電話はない。連絡先もわからない。旅人はやっぱり旅人だと思った。

さっき買ったイチゴをベンチに座って食べた。日本のイチゴと違って中まで真っ赤で酸っぱかった。多分ジャムにするやつなんじゃない？　と妹が言った。食べても食べてもイチゴは減らなかった。それでも、お腹がいっぱいになるまで私達はランチの代わりにイチゴを食べ続けた。

発掘

着なくなった服や本を実家で保管してもらっている人は多いのではないか。私もその一人。学生時代からの「とりあえず実家で保管」癖が十五年は続いてきた。あんたの荷物で納屋がいっぱいよ、という母の嘆きはごもっとも。年の瀬、重い腰を上げ、ついに青春時代の大掃除に着手したのだった。

出るわ出るわ。中高時代の教科書やノートまで残していたのだから大変だ。懐かしさよりも、うわ、二度と戻りたくないっ！　という絶望感がよみがえる。青春時代が甘酸っぱいものだなんてのは大人がつくった幻想だ。ノートの隅に書いた詩の痛々しさよ、封筒に入ったままの写真、バッテンばかりの数学のプリント。センター試験の問題集を開いてみたが、見事に何も覚えちゃいなかった。人生ってきっと自分で見つけたことじゃないと身に付かないんだ。

高校時代は吹奏楽部が全てだったが、多くの学生がそうであるように受験勉強も同時進行だったため、トンネルはあまりに長くつらいものだった。それだけが全てじゃないと言えるのは、全て乗り越え、または折り合いをつけて大人になった今だからだ。大掃除は二日目に突入。大学時代の荷物は大量だ。プリントの裏には書き殴られた詩や絵が。一枚一枚読んでいくと、この詩いいやんと思うものも多くて逆に過去の自分に刺激を受ける。大掃除のはずが大散乱、また日が暮れていく。

徳島県鳴門市での大学生活を終え上京することを決めた数日後、私は初めて自分が自分であることに気付いた。どういう訳か、スーパーからの帰り道もう何百回も渡った小鳴門橋を車で走っている時だった。私が私である奇跡。白亜紀ではなく平成の、フロリダでも上海でも関東でも関西でもなく四国の、香川や徳島でなく愛媛県宇摩郡土居町の、真鍋でも井上でもなく高橋の、祖父母と同居で畑も田もある七人家族の、三姉妹の真ん中の久美子になる確率は天文学的な数字だろう。どこを探しても同じ「私」はいない。地球上の何十億の人が息をする瞬間、私はこの地球にたった一人の私として息をする。何という大発見だろうと思った。みんなはこのことに気付いているのだろうか。先祖の誰一人欠けても私は存在しないのだ。

私は今までこの優しい島に守られてきたのだと実感した。四国を出ることが本当の意味で家を出ることだった。船出は怖くもあったが、どこに行っても考え抜いて選んだ道なら後悔しないでやれるだろうと思えた。それはこの島と家族に大切に育てられてきた証だった。

大掃除は途上のまま新年を迎えてしまった。おまけに寒すぎて風邪をひいた。もうじき東京に帰るので、この続きはまた春に。断捨離という言葉はなじめない。縁のない物はもともとそばにはやってこないだろうから、選んだものに愛着を持ちできるだけ共に生きたいと思う。とはいえ実家の納屋に保管してもらえるのは何歳までだろうなあ。

愛媛に帰ると、せとうちバスや予讃線に乗るのが好きだ。車窓を流れていく景色は、高校時代見たものよりもまばゆく感じる。きっとそれは、この場所がふるさとになったからなのだろう。

光る箱

ライブハウスを「箱」と呼ぶと知ったのは大学で軽音部に入り市内の箱に出入りするようになってからだ。先輩に連れられて、ドキドキしながら夜の繁華街を歩いた夏のこと。ここだよ、と言われて見上げた場所は雑居ビルだった。「まさか、この中にライブハウスがあるんですか?」何の変哲もないビルの階段を上り、分厚い扉を開けると、そこは別世界だった。耳をつんざく爆音と共に万華鏡のように照明がステージを照らし、人々は汗まみれになって踊り歌っていた。熱気にくらくらした。魔界という箱をスッポリと入れこんだような空間には、これまでの人生では出会うことのなかった人々が集まっていた。

自分がステージに立つようになって、昼間のライブハウスを知った。楽器を持って重い扉を開ける。もちろん昼でも夜でも挨拶は「おはようございます」だ。赤や黄色の照明はなく、蛍光灯が全体をぼんやりと照らす。モヒカンだった受付のお兄さんの髪はまだぺたんこで、静かにモップをかけている。音響さんはステージの上でマイクを一つ一つ確かめている。夜でないライブハウスはとてつもなく地味だった。ビールをピッチャーで飲んでいる猛者はいない。対バン相手は、恥ずかしそうに「おはようございます。よろしくお願いします」と言うのだった。魔界レベル0だった。これまでの人生で出会わなかった人達の昼間の顔は、クラスの端っこにいた私と似ていて、どこか懐かしく安心できた。

東京に出て来てマンションで暮らした。大学時代に暮らしたアパートに比べて、マンションは家というより箱だった。ライブハウスでなくとも、電車も、会社も、飲み屋も、デパートも、東京は何もかも地面に垂直に突き刺さる箱に思えた。初めて住んだ箱はあまりに狭く、冷蔵庫のすぐ隣で寝て、朝布団を畳んでもしまうスペースがなかった。ユニットバスのトイレの方で無理矢理頭を洗って、いつもびったびたになった。変な夢を度々見た。あるはずのない襖が出てきて開けると実家の座敷が広がる。「やっぱりー、こんな狭いはずないよねえ」と叫んだところで目が覚める切ない夢だった。それでもベランダから見る月は案外いい感じなので地球にいることは確からしかった。

隣の箱からは夜通し電子音が聞こえ、もしかして隣の奴もミュージシャンか？　と気になったが、二年間一度も言葉を交わさなかった。多分、寝る以外で私が家にいることはほぼなかったからだ。曲作りやレコーディングは窓のない箱で数カ月缶詰だったし、ライブハウスも夜にならないと光を浴びられない。私の太陽はステージの照明と深夜の窓灯りだった。帰ってマンションを見上げたとき、顔知らぬ隣人の部屋に灯りがついていると何だか安心した。壁の向こうから聞こえる携帯のバイブ音や、来客との笑い声。孤独な街だとは聞いていたが、どこにも孤独なんてないじゃないかと思った。

初の全国ツアーを無事に終え長旅から戻ってきた夜、ハイエースは21エモンの世界みたいに首都高を滑った。垂直に突き刺さった箱、何千何万の窓灯りが「おかえり、よく頑張ったじゃん」と手を振ってくれるようで、ああこの街で生きていくんだなと思った。一つ一つの箱には、光の数だけ人の熱がある。それらは、ライブハウスと同じように昼間はきっとシャイなのだろうと思うと、やっぱりどこか懐かしさと温かさを感じるのだ。

第三章 いっぴき

二〇一八年二月〜五月

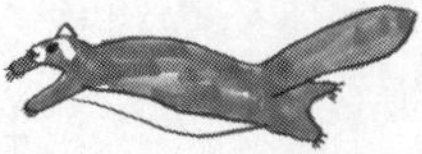

仲間

トントントンと野菜を刻む音と出汁巻き卵の焼ける匂いで目が覚める。ベッドの中ブラインドの隙間から差し込む太陽の強さで九時過ぎだなと思う。夫は今日も二足以上先に隣の部屋で目覚めて一仕事終え、近所のカフェで一休みした後、朝食を作っているようだ。私は扉を開いて寝ぼけ眼でリビングへ行く。「おはよう。ご飯食べる?」「うん、食べる食べる」

二人とも自営のクリエイターゆえ家の中のそれぞれの部屋で作業していることが多い。昼間はうだうだして、夜中になって文を書き始める私とは対象的に、朝六時から仕事を初めて、電池が切れたみたいに夜十一時半には眠る夫。ときどきスパイみたいに覗きに行くことはあっても、基本はそれぞれの時間が流れている。別に決めたわけではないが朝ごはんだけは一緒に食べることが多い。彼にとっては昼食という日も多々あるけれど。朝食を作っている夫に「昨日の夜書いた歌詞聞きたい人？」と聞いてみるが返事がないので、もう一度「高橋さんの最新作聞きたい人は、いないかな？」と言ってみる。目はフライパンに落としたまま「はーい」と気のない返事が返ってくる。

繰り返し口ずさみすぎてすっかり客観性が失われてしまった制作中の歌詞や文章。電車の中や夢の中でふと良いフレーズが顔を出し、書き足したり消したりを繰り返していたら良し悪しがわからなくなってしまうのだ。チャットモンチー時代のドラムアレンジはメンバー二人が何より信頼できるジャッジだった。フリーになって、迷ったときに頼れるジャッジがないことが一番の不安だった。もう一緒に悩んでくれる人はいないんだな、と腹を括ったが、一緒に悩むとまではいかなくても音楽ファンに近い目線でジャッジしてくれる人がこんなに近くにいたのだ。

夫は、悪気なく徹夜で書いた作品をバッサバッサと切っていく。「普通だな」「悪くはないけど刺さらないな」「どっかで聞いたことあるな」「なんか意味がわかんない」ぎょえー。徹夜で書いたんだぞ、人でなしー。「じゃあ俺に聞くな」と言われてしょげるが、そりゃそうだなと書き直しの決意をする。定食屋の焼き魚セット（ぬか漬けと味噌汁付）みたいに完璧な朝食を食べて、キッチンでしばしぼんやりと二人の時間を眺める。夫はとても料理が上手で、おまけに作ることが仕事の気分転換になると言うから私はラッキーとしか言いようがない。有次の包丁三本をいつも美しく研いで、シンクをぴかぴかにし、今日は王様が持ちそうな、特別に大きなワイングラスを光に当ててクロスで丁寧にふくと、箱に入れ食器棚とは別のところに隠している。私が見たことないグラスだ。どうやら昨日、こっそりこれで何かしら特別なワインを飲んだらしい。私は知らんふり。セラーに入り切らなくなったワイン達が、このグラスと同じ隠し場所に入っていることも知っているが、知らんふり。私が旅に行っている間には男友達を家に呼んで喜々として飲み会をしていることも誰やらさんのＳＮＳで知ってるが、知らんふり。

ぬか床を混ぜ、大事にしている庭の植物や野菜に水をやり、私が世話を放棄した苔にシュッシュと霧吹きをして、掃除機をかけ終えると、自作のりんご酵母を棚から出してフランス産の小麦でパンを作り始めた。ほーう、とテーブルでお茶を飲みながらパジャマのまま一連の所作を見ていると、自分とは全く別の生き物と同じ家に住んでいるという事実に、ふと我に返ることがある。旅と相撲と幕末以外には熱中する趣味のない私が、これほど多趣味でまめな人間と一緒に暮らしているのはなぜか。私は毎日美味しいご飯と焼き立てのパンを食べられるが、一体この人のメリットは何だろう。考えれば考えるほど可笑しくなってくる。知らない県の、知らない家で、違う味付けのご飯を食べて三十年別々の人生を歩んできた人間と一つ屋根の下で暮らす。「新聞は○○をとりたい」「この絵は趣味じゃない」「今かけてるCD変えていい?」「味噌汁ちょっとしょっぱいね」些細なことで言い合いになることだってある。一人で暮らしたほうが楽なことも多いはずだが、それでも一緒に暮らすのはなぜだろう。結婚したらわかると思ったことの殆どが今も謎のままだ。彼は無口でクール、私とは対照的な職人肌である。これまで夫に何百と相談してきた私だが、夫の相談や愚痴を聞いたことはない。自分の中で考えに考えてどうしてもというときにしか人に相談しないのだといつか言っていた。私には何も相談しない。ワインと男友達の話しかしない。付き合う前から友達だったのでその期間を入れるとかれこれ十年は経つというのに、人生最大のミステリーだ。

「あいつが何考えてるか結婚してわかったか?」

と同じく十年来の友人達に聞かれ

「それが、ますますわからんのよ」

と答える。ヴァンナチュールのワインをこよなく愛しコーヒーと植物が好きで食にもインテリアにもこだわりがあることは十分にわかった。私と一緒にこたつに潜って朝ドラや大河ドラマを見て泣いたりはしてくれないこともわかった。だけど、いつもどんなことを考えて生きているのかは未だわからない。電車の中、包丁を研ぎながら、頭からシャワーを浴びている時、街を歩きながら、この人はどんなことを考えているんだろう。この調子でいくと分からずじまいで一生を終えることになりそうだ。

「案外そのまんまなんかもしれん」

と友人達に付け加えておいた。夫が笑うことはそうそうないのだが、私の発言に爆笑することがたまにあって、腹を抱えてつぼに入っている姿を見ると「よっしゃ!」という気分になる。夫にとっても、別の生物の予期せぬ発言に驚いたことで起こる笑いなんだと思うと、お互いに自分らしく生きていくことだけでいいんだと思える。わからないことがずっとあるからこそ、飽きないんじゃないかと思う。

物を粗末にしないとか、なるべく自然に育った物を食べるとか、困っている人がいたら助けるとか、断捨離はしないとか、互いの好奇心を尊重するとか、嘘はつかないとか、二人の根底にある価値観はほぼ同じだということは結婚する前からわかっていることだから、その他がわからなくても心配ないのだ。「彼、何考えてるか全然わかんない」は我々にとっては「溢れ続ける好奇心」という褒め言葉でもあるのだ。

ある日共通の友人が家に遊びにきて私に言った。

「Aくん、随分やわらかくなったね。以前はもっと近寄りがたかったけど、久美子ちゃんと結婚してからすごく朗らかになった気がするよ。やっぱ夫婦は似てくるっていうもんね」

またある日、喫茶店で二人向かい合っていると

「お二人、ごきょうだいですか？」

と店員さんに言われた。顔全然似てないと思うんだけどなあ。と驚くと、

「いや、雰囲気がなんだかすごく似ていて、同じ環境で育ったのかなって思いました」

と言うのだ。その後も何度もきょうだいと間違われる。普通、これくらいの年の男女が一緒にいたらまず恋人か夫婦でしょう。つまり我々からはラブの匂いがしないということなのだ。いや、男女の枠を超えたもっと深いラブを感じるということなのだ。十年一緒にいるわけだから、もはや性別などは気にならない。彼氏の浮気がどうのという、女友達の悩みさえ羨ましいくらいだ。

同じ環境で育ったようなという表現は、もしかしたら的確なのかもしれない。家が職場である二人にとっては『ぐりとぐら』のように日々同じ家で育っていくきょうだ

いのようなんだろう。「誰といるよりも居心地がよく無意識でいられる仲間」と口にするのも野暮ったいくらいに。

昼の三時頃、キッチンでコーヒー豆を挽くミルの音が私の思考を中断させ、まもなくしていい香りが家中を漂う。もうすぐこっちの部屋にもコーヒーがやってくるに違いない。こうして時折、夫も私の秘密基地に顔を見せてくれる。カップを差し出され受け取る瞬間だけ、「まじめにやってるね」とか「そっちはどう？」とか会話する。もしくは夕方「今日のは何でしょう」と同じようにワイングラスが出てきて、ブラインドチェックさせられる。最近はぶどうの品種くらいは当たるようになってきて喜んでいたら、「じゃ、俺は打ち合わせ行ってくるから」とグラスを残し、またそれぞれの世界に戻っていく。バタンと玄関が閉まる音がして、家中の空気が私の元に集まってくる。この部屋の中にいるのは、ずっと私だけのはずなのに、本当に一人になったという実感がじわじわと湧き、『三つ目がとおる』の第三の目が開く時みたいに、少し危険な香りがしてくる。こういうときに思い出す感覚がいっぱいあって、それは独身時代にあって、今ないものという単純な比較ではなく安心から解き放たれる野性的な本能。何にも守られてない、何にも頼れないという状態にだけ充満していく潮のようなもの。私にはこの時間が大切なんだとわかる。二人で一つにはなり得ない、個々の存在を再確認する。

結婚するとき散々に考えた。籍を入れる意味みたいなものを。マリッジブルーだよ。と友人に言われたが、断固としてそんなものではない。「昔から女はそういうもんだから」という理由で慣れ親しんだ名字が変わり、何か一括りに「家族」という枠に入るのが私は怖かった。結婚したって私は私で、あなたはあなたなのに。

判子も、銀行の名義も、免許証も尽く変えられていく。あなた色になっていくことが、結婚を噛みしめるための儀式と捉えられるほど素直な人間ではない。自分という輪郭がぼわーっと薄まっていくようでひどく女であることを意識させられた。あれ？もしかしてそれを一括りにしてマリッジブルーって言うのかな？　だとしたら、余りに簡単に片付けすぎだよ。私は筆名として旧姓が残るのでそこまで意識せずにいられるが、世の多くの女性達は社会的にこれまでの名前を失ってしまうのだ。最初は違和感を感じながらも、皆新しい名前を当然のこととして受け入れ続けてきたのだろう。それが嫌で籍を入れることを躊躇するカップルもいるように、私にとっても憂鬱で悩ましいことだった。規則に従い染められることはある種楽なことかもしれないが、怖かった。

めでたいはずなのに、切なくてブルーな日がしばらく続いた。

結婚式を挙げる意味も散々考えた。当初式はしない予定だったのだが、籍だけ入れて半年……あまりに結婚のリアリティーがない。そんなもんなのかもしれないけど、名字を奪われもう恋をする権利も奪われた私は、なにか理不尽に思えて、もやもやしていた。ブルーにブルーの追い打ちだった。いかん、このままじゃ決着つかん。思い立って式場をいくつも見にいったが、あの型にはまった式を挙げる気にはどうしてもなれない。そうなるとパーティー形式でもいいけれど親族を呼ぶのは難しいなあ。高齢のお祖母ちゃんにも親戚にも楽しんでほしいし。やっぱり、家族のことを考えるときっちりとマニュアルに沿った式を親族だけでしたらいいかなあと思えてきて母に電話してみると、

「えー、そんなんあんた達らしくないわー。友達いっぱい呼んで屋形船でも借り切って、おもしろーいことやったらいいやん。あんたらを育てたんは親だけじゃないだろ？」

と。おもしろーいことってなんじゃ。腹踊りでもするんか、と思ったが、この一言

で目が覚めた。自由の名の元に生まれた私こそが「親のために式をする」と思い込んでいた頭カッチカチ娘だったのだ。夫の母も「二人の好きなようにしたらいいじゃない」と言う。さすが我々を育てただけある。

母の言うように、湿っぽいのでなく、展覧会とフェスを混ぜたようなおもしろーい披露宴をしたいなあと方向が見えてきた。屋形船結婚式もなかなか良さそうだが、私は船酔いするのだ。かく言う母も船酔いするではないか。東京湾をなめたらいけない。こうして披露宴形式だけれど堅苦しくない面白い自分達らしい場所を都内で散々探しようやく見つけたのだった。

挙式の準備をしてみて、自分はいちいち納得しないと前に進めない相当面倒くさい人間なんだということがわかった。引き出物は一人一人のライフスタイルに合わせて別の物を選びたかったし、包装紙は大きなロール紙に二人で絵の具で絵を描いてそれをカットして包んだ。全員の包みを繋げると一枚の大きな絵になるという仕掛けだ。席次表や食事メニューと一緒に、二人のエッセイや対談、幼少期の写真を掲載した特別版の本を作って出席者に渡した。もちろん招待状から地図まで全部手書きだ。

テーブルに花もいいけれど、せっかく夏みかんの美しい季節だ。みかん農家らしく夏みかんとはるかを飾っては。これは母のアイディアだった。収穫して送ってもらった夏みかんとはるかが並んだテーブルは披露宴の緊張感を一気にほぐした。

式の途中、花束贈呈に甥と姪が持ってきてくれたのは野菜の花束だった。実家の畑の野菜があまりに綺麗だから花束にしたいと母が愛媛から作って持ってきてくれたものだ。アスパラの花や、にんにくの芽、レタス、ブロッコリー、ミニトマトや菜の花なんかも刺さってそれは生命力に溢れた美しい花束だった。二次会でどんどん皆に食べられて、次の日にはすっかりなくなった。

なるべくこの式で廃棄物を出したくないというのが二人の願いだった。引き出物袋や箱はその後使い道がなく捨てられることが多い。家が農家ということに加え二人とも海外を旅することが好きで、外から日本をみたとき、日本人の美意識の高さと清潔さゆえに大量の廃棄物を出していることをずっと気にしてきた。環境汚染や食料問題について家で話し合うことも多かったのだ。披露宴という晴れの場にリサイクルの物を使うのは失礼だろうし、嫌がる人もいるだろう。でもこういうときだからこそ二人の意思表明として実行するべきなんじゃないか。私たちの友人や家族だもん分かってくれるよね、と散々二人で話し合って、家にためておいた紙袋に雑誌の切り抜きでコラージュを施して、全員分のオリジナルの袋を制作してみた。引き出物箱も大半がリサイクルの箱を使った。仰るとおり、やりすぎだ。式場に頼めばこんなに苦労することも頭を悩ませることもない。

きっと私は自分達を試したかったのだと思う。大変ではあったが、二人で創作し続けた数カ月はとても楽しく、充ちていた。作品展を作っていくみたいなワクワク感に包まれていた。ああ私たちはこのまま仲間でい続けていいんだなとやっとわかった。こういうことを心から楽しんで、笑ってられる二人だなと。

永遠など誓わなくていいんだと、結婚式の準備でぐちゃぐちゃな部屋で私はふと気付いた。自分でも驚きの発見であった。結婚式といえば「永遠を誓いますか?」「はい」が擦り込みのように入っていたが、

「行けるところまで行こうよ」

それが私たちには丁度いいなと思った。それにわざわざ約束しなくても私たちはどんな形になっても仲間でい続けるだろう。自然とそう思えたのだ。夫に話すと、すんなりと「俺もそう感じていた」と言ってくれたので誓いの言葉は止めにした。

その代わり、一行ずつ交代で詩の交換をすることにした。彼は嫌がったが、こんな機会でもないと私は一生君の気持ちを聞けないだろう。何も誓わなくていいから、今の言葉を聞かせてほしい。当日までお互いの詩は知らない。式が始まり、おもむろに

私は着物の袂から、彼はポケットから小さな紙切れを出して詩の交換が始まる。私はゆっくり、彼は食い気味に淡々と朗読する。何行書くか決めてなかったので彼の方が先に読み終わって、残り数行を私一人で読むと会場からは笑いが起こった。

初めて夫がどんな気持ちで私といるのかを知った。どんな詩人が書いたものよりも素晴らしい詩だった。涙を堪えるのに必死だった。

夫婦の形というのは、いろいろでいいんだ。籍を入れたり入れなかったり、子どもがいたりいなかったり、別に暮らしたり一緒に暮らしたり、共働きだったり専業主夫だったり。異性だったり同性だったり、夫婦だったり仲間だったり。自分達が心地よければそれが一番いいんだ。結婚式をして、得た答えだった。

入場時の演奏からはじまり、司会、PA、写真、映像、スピーチ、余興、ライブ、引き菓子、メイク、ドレス制作と、友人や家族が協力してくれて本当に夢のような一日になった。私たちらしさは、周りのみんながいてこそ作られるものなのだと実感した。あの結婚式を思い出すだけで、私は大概の絶望を跳ね返すことができるんじゃないかと思う。私たちは決して二人じゃない。

結婚して二年半、相変わらず妹と数週間海外旅行へ出かけることもあるし、実家の愛媛に一カ月くらい帰ったりもする。彼も彼で、平気でそのくらい旅に出かけたり、何県かに出張という名の逃避行に出かける。バタンとドアが閉まるまでは寂しい気持ちになるけど、閉まった後のシーンとした一人の空気もいいもんだ。会わない時に自分一人の旅を進めて、また会ったときに「こんな文章を書いたんだよ」と読んでもらう。それぞれに成長し続けていたい。相手が羨ましがるくらい未知の世界を持ち続けたい。きっと私たちは仲間であり永遠のライバルでもあるんだろう。でも、ダメならダメでいいじゃないと、どんなときも笑ってあげたい。好きの形も変化し続ける。

昨年の夏、長い旅から一カ月ぶりに私が帰ってきたとき彼は嬉しそうに言った。

「おお、仲間が帰ってきたぞ!」

仲間、夫もそう思っていたんだとわかると、可笑しくて楽しくて笑った。そして四時間ぶっ通しで旅の話をし続けた。

椅子

三年前、執筆用に椅子を買った。揺るぎない立派な椅子だ。もともと、冬はこたつで書き、暖かい時期はアーコール社の五〇年代ビンテージの椅子を愛用していた。形を気に入って購入したものだったが、長時間座って書いているとどうしても腰と肩が凝ってくる。機能性を重視したものを買うべきなんだな、観念して何軒も展示ルームに足を運び、最新式のマシーンに座りまくった。そして、決して好みとは言えないが爆弾を打ち込まれてもびくともしなさそうな強靭な椅子を手に入れたのだった。最新の人口樹脂でできた背もたれや座面はお尻や背中にフィットし腰の負担を最大限減らしてくれる。さらに十種類以上の機能がついており、前かがみの姿勢用に前傾姿勢で固定できたり、肘掛けの高さ、腰骨を支える強さ、背もたれの角度など改造車級にカスタマイズ可能なのだった。健康を意識する余りオプションまでつけて特別仕様になった漆黒のメカは、おおよそ私の知る椅子の値段ではなかった。大学生の頃に母が買ってくれた中古のワゴンRを少し値引きさせたくらいの額だったのだ。もの書きになった自分へのご祝儀だ、こいつと心中するくらい頑張ろう。そう言い聞かせてカードをカウンターに差し出した。ワインレッドのワゴンRが私にいろんな景色を見せてくれたように、この漆黒の椅子も創造という世界でいろいろな景色を見せてくれるに違いない、そう思った。

大学一年の冬、離れ小島で大学生活を送る私の不便を知って、母はワインレッドのワゴンRを中古で買ってくれた。愛媛で購入したものを、姉が運転して大学のある鳴門まで持ってきてくれたのだった。アパートの前につけられた赤い車は、二月の寒さを吹き飛ばすような堂々たる面差しだった。中古とはいえ、傷一つないし、タバコではなくちゃんと新車の匂いがする。マットだって真っさらに近い。車を開けてクラッチを踏んで、エンジンをかけると、ぷっという間の抜けた音がした。直前にインフルエンザにかかって来られなかった母が、

「エンジンかけたときの『ぷんっ』っていう音がなんとも可愛いけん、私はこれが絶対にええわと思ってね」

と受話器の向こうで嬉しそうに言っていたのを思い出した。母の感性はいつも人とはちょっと外れた、エッジがきいたものだった。母が気に入ったという、このおならみたいな音の他にも、私の車にはターボタイマーという見慣れない小さな電卓のようなものがダッシュボードの下に取り付けられていた。車屋さんが言うには何か他のよりレベルの高いエンジン周りなんだと姉が説明してくれたが、そんなことよりも本当にこれから一人で運転できるのだろうかという不安の方が切実だった。教習所を卒業したばかりで、実家でも運転したことは数えるほどしかない。姉は自分がいる間に少しでも妹の運転レベルを上げなければと、アパートの裏の空き地で教習所さながら縦列駐車の練習などをしてくれた。翌日、姉と妹が帰り、いよいよ私一人でのマイカー生活が始まった。

当時、軽音部の先輩の中ではハチロクというスポーツカーが流行っていて、先輩達は多分いろいろ改造されているだろうハチロクとかナニロクとか全然わからんが、どっかに飛んでいきそうな、いかした車で部会に来ては、車の自慢話をし合った。まずエンジン音で誰先輩が来たかわかった。白黒のハチロクに相応しいヘビーな重低音を鳴らし、金髪ロン毛の先輩が階段を上ってくる。その他にも、スカイラインやスバルのインプレッサ、シルビア、レビン、シビック、マークⅡ、スポーツタイプのスターレットなどなど、『頭文字D《イニシャル》』に出てきそうな車が並んだ。部会は、勉強と吹奏楽しか知らない私にとってはまるでレーシングカーのショーのようで、階段の踊り場からしげしげとメカ達を眺めた。私より下の学年からは車は乗れたら何でもいいという学生が多くなったが、当時離島で暮らす大学生達はこのようにバイトで貯めたお金でまず車やバイクを買い、彼女を乗せて走るという昭和の男の名残を持っていたのだった。大学一年の始めこそ潮風に髪をなびかせて、渡し船に乗って街へ出て最終の二十時の便では必ず帰っていたが、四年間そんな宿坊のような生活を全うできる学生は少なく、一、二年のうちにほぼ全員が車かバイクを手に入れるのが通例だった。

ついに高橋も車をゲットしたらしいぞ。土曜日の部会のあとお披露目会が始まる。

「中古のワゴンRか。ふん、まあ国語科だし、そんなもんだろう」と皆然程興味を示してくれない。

速弾きが得意なメカ好きの理科の先輩が運転席に乗り込むと、叫んだ。

「おい、こいつミッション車や。なかなかやるじゃん」

それを聞いて技術科や数学科の先輩達も集まってきた。殆どの女の先輩がオートマの車に乗っていた中、私はどうしてもミッションに拘った。実家が農家なので軽トラを運転できないといけないからという理由もあったが、それだけではない。軽音の部室に出入りする度、ミッション車にあらずんば車にあらず、という男の先輩たちの美学を耳にしていたからだ。加速の良さ、カスタマイズのやり甲斐、なによりも自分がマシーンを操っているという実感。オートマなんてゴーカートと一緒だ、と私の尊敬する先輩達は鼻で笑っていた。その傍をうろちょろしていた私もすっかりミッション車に傾倒してしまい、どうしても左足でクラッチを踏んでギアをガチャガチャやりたいという思いは強くなっていたのだ。

時代はオートマチック全盛期。どこの中古車屋を探してもミッションのワゴンRなんてありゃしない。母と姉は愛媛中の中古車屋を探してくれた。「ミッションのワゴンRがいいんです」という母に、車屋は口を揃えて「オートマだったらあるんだけどね」と言ったそうだ。母達もどういうことか「車に乗るならそりゃミッションがええ」と私の美学に賛同してくれ、ついに念願のミッションのワゴンRを手に入れてくれたのだった。

「おい、これ見ろ、ターボタイマーやぞ！」

エンジンをつけた先輩が左下の電卓を見つけた。

「うそ！　まじ。ってことはターボエンジンなのか⁉　ワゴンRで？」

男たちがざわつき始めた。ワインレッドの車に引き寄せられて少年になっている。ボンネットをあけて、機械の部分をいじりはじめた。「やめてくださいよー」と言いながら内心嬉しかった。

「あの、ターボタイマーって何ですか？」

「え？　知らずに買ったのか？　まず、ターボエンジンってのはな、普通のエンジンとは違ってタービンがついていてな……」

システムについて説明してくれたが、殆ど頭には残っていない。よく分からないがエンジンにタービンが内蔵されているから、加速がすごいんだと言っていた。それゆえにガソリンは食うが、そんなことは気にせずに純度の高いガソリンを選ぶのが車を長持ちさせる秘訣だと熱っぽく語った。

代わる代わるに私のワゴンRを運転し祝福してくれる先輩達。加速がやばいと騒いでいる。俺のと交換しろとか言ってくる。彼らの見解では、前に乗っていた人は走り屋だったんじゃないか、ということだった。軽音部の女子達は遠巻きにそれを見ている。私の軽音部でのランクが三段くらい上がった気がした。部内バーベキューではいつもトイレの洗面所でキャベツや玉葱を洗って切って持っていくだけの役目だったのに、これはもしかしたら肉を焼くところまではいけるかもしれないと思った。

「どしてかしらんけど、このワゴンRは他のよりちょっと高かったんじゃけどエンジンかけたときの『ぷんっ』っていう音が、これから行きますよ。という感じがしてええ。それで絶対これにしようと思ってな」という呑気な母の顔が思い浮かんだ。彼女の車の見立ては間違っていなかった。すげーのを引き当ててくれた。

長時間走ったときや高速道路を走行したときは、エンジンを止める前にターボタイマーを数分セットしておくとターボが冷やされるので良いのだとレクチャーが続く。しかしまあ庶民の味方ワゴンRによくここまでいろいろ取り付けたもんだ。後部座席の窓はスモークで外からは見えないようになっていたし、後ろのガラスは銀色のシートが貼られ、熱線で曇りもすぐにとれた。内部のダッシュボード周りは高級感ある木製のものに変えられ軽とは言わせないこだわり様だ。サーフィンが趣味だったのか、ルーフにはキャリアがついている。よく見るとヤンキーの象徴とも言える車高が若干低いではないか。間違いなく走り屋の車だ。ワゴンRでギュンギュンいわしていたんだ。コンポはなぜかCDではなくMDがかかる仕様で、さぞ低音が効いているだろうと思われたがそこだけは平均的な音だった。

先輩が言う通りターボエンジンの効果は凄まじく、他の車に比べると加速がものすごかった。ロウやセカンドの立ち上がりの速さと馬力を知ってしまうと、オートマ車は正にゴーカートに思えた。よくまああんなおもちゃみたいなものに乗ってられるもんだと笑う先輩に猛烈に共感した。クラッチを踏むときの「シュワーンッ」という音は、ボンネットの中で何かすごい機械が特別回転をしているのだろうと思わせ、私はスポーツカーにでも乗っているような気分になったのだった。長距離運転のあとはターボタイマーを数分セットしたままエンジンを切ると、時限爆弾のようにタイマーがカウントダウンされ微振動とモーター音は続いていく。多分、中でタービンがクールダウンされているのだろう。タイマーが0になると同時に、ぴゅるるるーと鳥が鳴くような音がして完全に静止するのだった。それはそれは利口な車だった。

ワゴンRや、EZワゴンは、学内ライブのときにスピーカーやドラムを運ぶのにも重宝されるので、堅実派の部員の約四割が乗っていたが、ターボタイマーのついたワゴンRに乗っているのは私だけだ。大人しい顔して改造車に乗る高橋は、正にこのワインレッドのワゴンRそのものだった。外から見たら普通だが、中身はやばかった。

私が車好きと思ったのか、先輩達はバイクや車を新しくしたり改造する度に私に説明してくれたし「ちょっと乗せてやろうか」とまっさらなバイクの後ろに乗せて学内をくるりと走ってくれた日もあった。説明は何を言っているか殆どわからないが、マニアの世界に入れてもらえたことが嬉しくてしょうがなかった。値段は少し高いが不純物の混ざっていない志の高いガソリンスタンドも教えてくれた。それは他の女子には多分教えたりはしてないと思われた。打楽器と詩を書くこと以外に変わった趣味を持っていなかった私にとって、軽音部の部室にたまって訳の分からない話をしているマニアな先輩達は眩しくて仕方なく、そこの準メンバーになれている実感こそが、車と同じくらい遠くまで私を運んでくれた。

翌年、祖母と母を乗せて走っていたところ玉突き事故にまきこまれてしまった。私たちは数週間首にコルセットを巻く程度で事なきを得たが、車は修理に出しても真ん中の軸が歪んでしまって完治は難しいと言われた。それ以降、ガラガラガラーとボディーの中を岩石が左右に転げ回るような音をたてるようになった。ぷんっどころではない。何度車検に出しても原因がわからず、友人たちは、私の車に乗ると「おーおー、久美子さん今日もネズミ飼っとるねえ」とネズミの住み着いた車だと面白がるのだった。ターボエンジンで有名だったはずなのに、ネズミが暮らす車という、それこそ気持ち悪い目立ち方になってしまった。事故を起こしたトラックの運転手が恨めしかったが、お詫びにと運転手の母親がアパートに送ってくれた罪滅ぼしのせんべいの詰め合わせを全部食べてしまったので今更ガラガラを何とかしろとは言えなかった。それに後ろに座っていたおばあちゃんの鞭打ちが大したことなくて良かった。きっとヤンキーワゴンRがメンチを切って体当たりで守ってくれたに違いない。

上京が決まり四年間乗り倒した相棒を後輩に譲った。ターボエンジンだからかどうかはわからないが、後輩は大喜びしてくれた。ターボタイマーは正常に使ってくれただろうか。何年かが経ちライブで母校を訪れ、軽音部の部室辺りを通りかかったときだった。聞き覚えのある効果音が近づいてくる。ガラガラガラ……。でたー。ワインレッドのワゴンRが以前よりも派手な音をたててやってきた。明らかに学内でトップクラスの長老だった。もう流石に捨てただろうと思っていたので私は車を大事にしてくれていた後輩を褒めた。懐かしいワゴンRには懐かしいバンドステッカーが貼られたままだった。

今私はこの原稿をこたつで書いている。大学のときから使っている、一万円未満のこたつで。漆黒の椅子には夫が座り「全然肩がこらない」と喜んでいる。悔しい、悔しすぎる。私は二代目の車を乗りこなせなかった。確かに座りやすいが、どうも落ち着かないのだ。雑念が生まれない代わりにアイディアも生まれなかった。小一よくよく考えると、今まで机にきちんと座って勉強したことなんてなかった。

でおばあちゃんに買ってもらったくるくる高さが変えられる一張羅の勉強机に何回座っただろう。いつだって勉強はこたつか食卓だ。家族が団欒している場所でないと逆にそわそわしてできなかった。大家族だったからか、笑い声が聞こえるのに自分だけ部屋にこもって勉強なんて無理だったのだ。それを咎めないのが我が母だった。「一人だけ部屋で勉強なんてそりゃあ可哀想じゃわ」と、居間での宿題を許可してくれるので、宿題を持って皆の集まるこたつへ行くが、案の定はかどらず、結局みんなが寝静まった後に泣きながら一人でやることになるのだった。

受験勉強も、卒業論文も、歌詞も、人生の大半の文章をこたつや食卓という日常の隣で書いてきた。高額な椅子に座ったからってアイディアが溢れてくるもんではないらしい。ぐちゃぐちゃのこたつでときに昼寝しながらピカンと生まれたり、外をほっつき歩き座ったベンチで閃いたり、子どもが走り回る図書館で思いついたり。私はじっと座って考えるのを止めた。家の中をうろついたり、外に出たりしてそこで大体の構想をメモし、日常に囲まれながら時間を決めて実際の執筆をすることにした。

私がこれまで一番よく座った椅子はワインレッドのワゴンRの座席だ。楽器や機材を乗せて走った学内。家庭教師の子どもの家まで。教育実習校やライブハウスまでの道のり。友達とガガガSPを熱唱しながら。これからの不安と期待を乗せてもんもんと走った距離こそが青春の道のりだったのだろう。あのワゴンRの中で生まれた歌詞は数知れない。行きたい場所へ自分自身を運ぶことができた自慢の椅子の話である。

猿の惑星

「ユキちゃん。こんばんはー、おーい、ユキちゃん。ユーキーちゃーん！」

ドンドンドンと裏の戸を叩くが、ユキちゃんは気付いてない。まだ寝るには早い時間だ。すりガラス越しに光がチカチカして、でっかい音が響いているのでテレビを見ているのだろう。チャイムは鳴らしても聞こえないので裏のユキちゃんの部屋の戸を直接叩きまくることしか方法はないのだと母は言う。三人で叫び続けること数分。テレビの明かりが消えた。玄関に回る母の後を、私と夫もついていく。玄関の鍵が開いて、ユキちゃんの顔が覗いた。可愛らしい花がらのパジャマに半纏を着ている。私たちが可愛いと言ったってユキちゃんはパジャマ姿を見られるのは嫌なんだと後で母は言っていたが、その割には構わず押し寄せていくのがユキちゃんと母の仲だった。ユキちゃんは半分に折り曲がった体をさらに小さくして玄関に置いた乳母車に仙人のように腰掛けた。

「ユキちゃん、夜分にごめんよ。あのな、こないだ言いよったことじゃけどね、畑貸してもらってもよかろか？　この子ら畑で葡萄作るんじゃと」

ユキちゃんの耳元で母が大きな声で喋る。不思議なことに、ユキちゃんには母の声しか届かないのだ。散歩中のユキちゃんと道で会うことがあり、私や姉が母のやるように耳元で喋っても、うんうんと頷きはするけれど、すまなさそうな顔をして乳母車を押しながら立ち去ってしまうのだった。

ユキちゃんは八十五歳の近所のおばあさんだ。私たちが子どもの頃からずっと「ユキちゃん」だし、姉の子ども達も「ユキちゃん」と呼んでいる。二日に一回は家にやってきて、祖母と畑まで散歩したり畦に座ってあーだこーだと話をしていた。祖母が亡くなってからは、後輩の母と散歩をしたり、うちの駐車場で一緒に豆ちぎりなどをして、いろいろと野菜の話をする農業の師匠でもある。

「ふんふん、かまんよ。荒らし放題にしとるけん、どよにでもしてかまん。何でも作ってくれたら私も草ひかんでええから助かるわい」

ユキちゃんは嬉しそうにそう言った。

この辺の農家にとって一番恥ずかしいのは畑を荒らし放題にしてしまうことだとい

う。ご近所さんからの見た目を何より気にするし、周りに迷惑をかけてしまうことが辛いのだそうだ。そうは言ってもこんなに腰の曲がったおばあさんに草を刈れとは言えるはずもなく、また遠く離れた子ども達にその義務を押し付けるのも心苦しいことだった。

農家の多い我が地元だが、四国の山間部ゆえ段々畑が多く、機械が入らなかったり一区画が小さかったりと手間がかかる。「一カ所にまとまっていたら農業もやりやすいのに」と父が北海道や宮城の大きな畑を羨むように、家の畑、上の田、下の田、大坪の田、まりちゃんちの畑（幼馴染のまりちゃんちの隣にあるから）、など色んな場所に田畑が点在しているから管理も大変だった。農繁期には皆トラクターを西へ東へ走り回すので、国道はトラクター渋滞が起こった。効率が悪いためか、専業農家は少なく、祖父は製材所に勤めながら農繁期は親戚で手伝って田畑を維持してきたそうだし、父も勤めに出て給料をもらいながら休みの日に農業をという二足の草鞋をこなしてきた。

農家で、しかも収入は保証されている兼業と聞くと、さぞのんびりしているように思われるかもしれないが、それがそうでもなかった。農繁期が近づくと村全体の男たちが殺気立っていくのを子どもの頃から感じ取っていた。田植えが始まる頃には、にわかに軽トラのスピードも上がって、男の人達はどこか苛ついていた。最近は米農家が激減したため見なくなったが、昔は些細なことで近所のおじさん同士の喧嘩が勃発して祖父が仲裁に入っていたのを覚えている。「我田引水」という言葉は私にとってはとてもリアルだ。米作りにとって水は命、正に下の田と上の田での水の取り合いから喧嘩は起こっていたからだ。牧歌的な感じがする農家だが、納屋にはいくらでも鍬や鎌といった刃物があるからご用心。

秋、台風で稲がなぎ倒しになった年なんかは、もう触らぬ神に祟りなしだった。ミステリーサークルになった田んぼで、カッパを着て頭を悩ます男たちを家の窓から眺めていた。農業はとにかく自然との闘いで、いくら努力を注いでも報われないことが多かった。

田畑には鍵がないから、動物は盗み放題だった。明日収穫しようとしたさつまいもが猪の集団によって全滅させられたこともあったので最近は網をかけることが基本になっている。ここ十年は猿は山に住むものでなく、畑から数メートル先の藪に住むご近所さんだ。頻繁に二十四くらいの集団モンキーズが道を走るのをみかける。唸りながら内部抗争していることもあり、おめーさん達、山でやってくれよと思う。

「あんたんちの車庫から猿が出てきよったぞな」

という目撃情報まで入った。大体田舎の家は開けっ放しだ。畑にも鍵はないが家にも鍵なんてあってないようなもん。我家の玄関からてくてくと出てきた猿は両手に芋を持っていたそうだ。お金じゃないのがかわいらしい。それに、お猿さんは手に持てる分しか泥棒しないので、軽トラでやってきて全て盗む人間に比べたらましだろう。

そんな台風も多い上に敵に完全包囲された愛媛の山間に、畑を借りることにした。やりたいと言い出したのは農家出身ではない夫の方だった。私が耕作放棄地の話をしたら、みかんは飽きるほど食べられるので、葡萄を育てたいと言うことだった。私は六年前から「新春みかんの会」という実家のみかんを通じて、食や農業を考えるイベントをお菓子作家の千葉奈津絵さんと開催しているが、農業を一番手伝っていたのは小学校までで、部活に没頭していた中学以降は気がつけば稲刈りが終わって、夜通し響く乾燥機の音を聞くばかりだった。季節が巡るように収穫されたものが食卓に並ぶ生活が当たり前になっていた。

東京に出て、我が家の米や野菜、みかんがスーパーで買う何倍もおいしいことを知った。父や母が苦労して育てているという贔屓目ではなく、単純に子どもの頃食べていた米よりも今の方が美味しいのだ。それは両親の農業の腕が上がったからなのだとわかった。私がドラムを叩いたり、文章を書いて少しずつ上達していったのと同じように、二人も上達していたのだ。「何事も実験だ」と母は言う。今年こうだったから来年はこうしてみようと積み重ねることが農業の面白さだと。なるべく無農薬、減農薬で作られる作物は子どものいる友人にも重宝されている。

二〇一七年三月、荒れ放題の土地を夫と父が刈っていく。草は放っておくと木になるとご存知だろうか。ユキちゃん家のもう一つの畑は手がつけられない程、魔女の住む森みたいになっていた。借りた方の畑は、かろうじて魔女はおらず草刈機でいけた。見える草は刈ってその後は父がトラクターで耕していく。ここを逃しては、いつまでも習えないだろうと思い、私もトラクターに乗ってみた。楽な上に農業機械は燃える。大金をはたいて祖父が最新機種に変えていた気持ちが少しわかった。土を一人で自在に操れる快感といったら。男のロマンがつまりまくっている。牛を使っていた祖父の時代からすると、正に農業革命だったろう。ただ、「曲がっている」だの「モーターに蔦が絡みついている」だのと父がどやすのだ。のんびりやりゃいいじゃないかと思ったが、雨が降っても日が落ちてしまっても、機械が壊れてしまっても作業が困難になるのが農業だった。想像より呑気ではいられなかった。

米を腹いっぱい喰らい、また昼から泥まみれになって葡萄の苗木を五十本植えていった。腰が音もなく軋む。気がつけばユキちゃんばりに曲がってしまって、伸ばそうとしても逆に痛くてしばらくそのまんまだ。数十年後、働き者の称号となるのだろう。こんなに大自然と戯れているのに詩の一つも思い浮かばない。夕方家に帰ったらまた米を腹いっぱい食べてひたすら眠った。とにかくお腹が空き、眠くて仕方なかった。

「農業って気持ちいいよね」と言っていた去年の自分などクソ食らえだ。お昼は一区切りつくまで昼ごはんを食べないことも多いそうだ。日が暮れてしまっては仕事にならないし、田植えのときは泥だらけの足を一々洗って家に入るのも面倒だからだ。子どもの頃母が、昼になるとやかんとおにぎりを持ってきてくれて、途中で畦に座って親戚達みんなで昼食を食べていたな。それがイベントのようで私達は楽しかったものだ。

数日後、私は脱落して朝九時まで眠りこけてしまっていた。夫は日の出頃には起きて朝ごはんの前に畑に出て、私が起きる頃帰ってきて一緒にご飯を食べるというアリとキリギリスのような物語が始まった。さっさと朝食を食べ終えると夫は東京から持ってきたお気に入りの豆を挽きドリップしたコーヒーを水筒に入れるとまた畑に向かった。ますます無口である。私も手伝いに行ったが、数時間後へこたれて帰ってきては三歳の姪っ子とお茶会をした。穴を掘り葡萄の苗を植え、杭を打ったり葡萄の支えのワイヤーを張ったり黙々と働く夫は紹介もしないのに近所の人気者になっていた。

「あんたは？　どこの人？」

「ええと、高橋さんちの娘の旦那です」

「何番目の娘？」

「二番目のです」

「ああ、これのか？　何植えよん」

「葡萄です」

「ほー葡萄か。わしが生きとる間に食べらしてよ」

畑は社交場なのだった。椎茸や珍しい野菜をもらい、私でも話したことない人と仲良くなっていた。ちなみに「これのか？」と言うときのおじさんの手は皆エアードラムをしているそうだ。そうだ、これの夫は頑張りやだ。

数日後、私が姪と畑見学に行ったときにはついには猿が入らないようにネットで畑を囲っていた。大体、農家の子どもでない方が農業にはまるのだ。母もそうだったようだ。それから一、二カ月に一度はどちらかが一週間ほど愛媛に帰って手入れをするようになった。父にお願いして伸びすぎた草は数回刈ってもらったりしたが基本は不耕起栽培で草も茅萱など地下茎以外はそのままにしている。

葡萄はみるみるうちに蔓を伸ばし、ワイヤーに誘引するほどになった。三年は実が成らないと言われていたが、数粒だけ色づいたのだ。丁度私だけ帰っているときだったので、夫には写真だけ送って私が最初の一粒を食べた。収穫時期をどんぴしゃりで狙ってくる猿になった気分だ。山葡萄のように小粒だけれど、濃く甘酸っぱい、世界一尖った葡萄だった。

今、実家周辺の話題のスポットになっているのはお洒落カフェやショッピングモールではなく、家の葡萄畑だ。ユキちゃんは「ちょっと上の畑まで行ってみんで」と母を誘って、葡萄畑まで散歩するのが日課だそうだ。「どうならい（大変だ）、草がこなに伸びて。抜かないかんわい」と、二十分ばかし腰を下ろして二人で草を抜いて帰るのだそうだ。

葡萄の他には、レモン、枝豆、西瓜《すいか》、瓜、じゃがいも、茄子、トマト、南瓜なども育てていて、そちらは私が担当だ。わからないことがあったら、母か近所のマユミちゃんに教えてもらったら大概のことは解決するが「ありがとう、やってみるわー」と言いつつ、全部その通りにはやらない生意気な後輩であった。不耕起栽培だったり、根粒菌を増やす方法などなど、自分達がチャレンジしてみたい農業をこっそりと試していく。日々実験だ。

「ちょっと、昨日猿が西瓜抱えてヨタヨタ歩いて行きよったよ」

という目撃情報がマユミちゃんからあって、急いで見に行ったが時既に遅し、猿のお腹に入った後だった。よりによって一番楽しみにしていた西瓜を取るとは。この悔しさは育てた人にしか分からない、ということがよく分かった。母から電話でこういう話を聞いたとき大げさだなあと思っていたが……おい猿、食べ物の恨みは怖いぞ！

猿の知能もここ数年で上がってきているそうで網をひょいと持ち上げたのだろうとのことだ。人口からして猿の方が上回ってきているのに、本当に猿の惑星みたいなことになるんじゃないか。猟友会の人も猿を撃つのは嫌がるそうだ。「撃とうとしたらな、猿が両手を合わせて撃たんとってくれと、懇願してきてな」と、背筋が凍るような話を猟師のおじさんから聞いた。何とか共存する方法はないのかな。山の食べ物が減っているのは温暖化だけでなく、人が山の手入れをしなくなったことに原因があると祖父が昔言っていた。動物、植物、人、地球、全ての巡りが揃わなければ健康な作物が食卓に届くことはない。

この春、耕作放棄地だった、タカちゃんちの畑を新たに借りた。放棄地になる前はどんな作物がよく育っていたのか土の特徴を聞いて、じゃがいも屋さんができるくらい沢山の種芋を植えて東京へ帰ってきた（しかし、五月、半数が猿にやられてだめになってしまうのだが……）。次に行くまでに芽かきは母がやっておいてくれることになった。

東京もんがどうせお遊びだろうと思う人もいるかもしれないが、今の暮らしをいきなり0にして愛媛に引っ越すというのはまだできない。このくらい気軽な気持ちで土と関わってみることを許容してくれないと、田舎のしかも兼業農家の田畑は消滅していくだろう。バトンを受け渡す人も一緒にしばらくは土地を見守っていてほしい。一年一年と田畑を手放す人が増えて、美しかった段々畑の半数以上が荒れ果てている。私たちのように趣味の延長だとしても農業者が一人でも二人でも増えたらと願っているが、今のところ私の次に若いのは母だ。元々山だったこの辺りの土地を開拓した先祖達のことを考えると、家族とか家族じゃないとか関係なく、ここに住むみんなで協力しながら田畑を残せたらと思う。葡萄畑が、みんなの集う場所になったらいいな。

「生きとるうちに」葡萄を食してもらいたい。

お仕事

タイトルを書いたけど、なんだかしっくりこない。かれこれ十二年、好きなことだけやって生きてきた。もちろん苦手なことにも遭遇するが、好きなことを支えるための苦味は、やがて深味へと変わる。就職活動をした経験はない、ということは上司がいたこともなく、私を先輩と呼んでくれるのは家に遊びに来る大学の後輩だけだ。

音楽から離れても、一年は今までの事務所に所属していたが0に戻ってみたいという悪癖がむずむずしてきて、ある日、事務所も辞めていた。人は選んだ方の道にしか進めないから私は自分が選んだ道しか知らない。これで良かったかどうか確かめるすべはない。昔、瀬戸内寂聴さんに「平坦な道と危険な道があったら、危険な方へ進みなさい」と言われたことをふと思い出す。肝に銘じて生きてきたわけでないし、できれば平坦な道の方がいいんだけど、気がつけば仰るとおり崖っぷちだった。

こうしてある日突然、完全なる一人になっていた。打ち合わせから交渉まで全て一人だ。マネージャーさんに守られて箱入り娘で育ってきたから、交渉の方法とか、請求書の書き方すらわからなかったが、清々しく空は大きかった。今日からフリー。どこまで行っても私は自由人だ。

一応、先輩やお世話になっていたスタッフさんにフリーランスの心得を聞いてみた。「舐められたらいけないから、ちゃんと交渉するんだよ」と言う人がいれば、「がめつい子だっていう噂がたったらいけないから、交渉なんてしないほうがいいよ」と言う人もいる。スタイルというやつだから、どっちも正しいのだろう。私は好きなことを細く長く続けていけたらそれでいい。仕事がぱんぱんに詰まってなくていいし、好きなことだけやっていたい。何より、高橋久美子を指名してくれることが嬉しい。だから「絶対」を決めずに、そのときそのときでわからないことは依頼主に正直に話せばいいかと思った。一人になった意味はそこだから。恐れるなかれ。

HPを立ち上げると、ぽつりぽつりと仕事の依頼がきはじめた。歌詞、エッセイ、小説、コピーライティング、脚本、朗読、作詩講座、歴史の講演会、絵本、翻訳、対談、ラジオ、相撲関連……。私のHPの「ご用命」のところには確かに「作詞・小説・エッセイ・コラム・歴史関連の講演会・大河ドラマのオファーなど多種多様な方面で受け付けたいと思っております。」と書いているけれど、これじゃあ、おばあちゃんが言うようにマルチタレントだ。でも依頼仕事は、自分でも知らなかった扉を外からこじ開けてくれるという、自分発見の面白さがあった。流石にこれはできないというときは、お断りして、チャレンジしてみたいものだけ取り組ませてもらう。どこへでも一人でいく。キングレコードへもスターダストプロモーションへも、NHKへも、出版社へも、フェスもイベントも、ライブハウスも、どこだって私はいっぴきだった。相手の目を見て話をすれば、大体のことがわかった。一緒に仕事をするというのは思っていたよりもずっと簡単なことだった。「予算がなくて……」という相談でも、面白そうな企画だったら躊躇なく飛び込む。損して得取れと似ているけどちょっと違う。ただただ「面白そう！」が先行して、いつもの見切り発車だ。止める人がいないとなると、やりたい放題だ。予算がない仕事が面白い確率は結構高い。何故ならスポンサーもお客さんもついてないということは、まだ誰も見つけてないということだからだ。未完成のものを軌道に乗せていくのは曲作りのわくわくに似ている。大人が青春の向こう側にチャレンジしている姿は無様で格好良い。ずっと大人になりたくなかったけど、大人になってもお酒の飲み方がちょっと上手になる以外は変わらないのだった。

舐められるどころか、大概の先方さんはいっぴきの私をかわいがってくれた。仕事が縁で飲みに行ったりすることだってあるし、別の仕事で困ったときに助けてくれる人も一人や二人ではなかった。一人になったはずなのに私は一人じゃなかった。私を必要としてくれる誰かが必ず待っていてくれた。

エッセイに次いで依頼が多いのが歌詞提供だ。九割、曲が先なので音楽家の方から曲が届くまでの間に、どんなことを書こうかと想像しながら待つ。届いてからは、大体一週間くらいで書き上げないといけない。短いと三日くらいのときもあって、最短は「明日歌入れなんです」というものも。怒りたいけど怒ったってどうにもならんし、私だって夏休みの宿題は最終日だったから偉そうなことは言えない。俄然、やってやろうじゃないかという気持ちになって徹夜で書き上げる。夏の曲は大体冬に依頼がくるし、同い年が歌うことはまずないし、結婚しているけど失恋の歌詞を希望されるし、東京在住でも上京の曲を求められ、とうの昔に卒業しているが卒業ソングの依頼が最も多い。俳優さんのように、何歳にでも変身する。スタバで女子高生を観察するのは好きだけど、女子高生全員がキャラメルフラペチーノを愛しているわけではないだろう。キャラメルフラペチーノを学校帰りに飲む子がいれば、憧れているだけの子もいて、ブラックコーヒー派の子もいるのだろう。今でもプリクラは撮るらしいけど、だっせーと思っている子だっているだろう。ラインチェックばっかする子もいれば、敢えて手紙を書く子だっているだろう。百人いれば百通り、私が私であるように、あなたも代わりのないあなただ。幅広く全員に届けようなんて気持ちでは書けない。なるべく具体的な出来事を、痛みをもって細かく書いていく。それはチャットモンチーの頃と何ら変わりなく、より個人的なことを歌う歌こそが刺さるんじゃないかというのが私の持論である。平安時代でも平成でも、人は同じようなことで悩み、傷つき、泣き、笑い、時代は変わっても人間の根源は変わらない。依頼された歌詞にもちゃんと私がいる。誰かになりきって書くけど、やっぱり私の脳から出た言葉だから、いろんな風に形を変えた自分が見え隠れするのは仕方のないことかもしれない。

一番最初に歌詞の依頼をくれたのは、東京カランコロンだった。ポップでカラフルでまるでミュージカルとオペラを混ぜたような唯一無二の男女ツインボーカルバンド。曲が送られてきて、私は嬉しくて何度も繰り返してメロディーを口ずさんだ。お風呂につかりながら、「ないないないない泣いた〜」とふと歌がでてきて「ナイター」と「泣いた」を掛けた「泣き虫ファイター」という曲が一気に書けた。一回目の打ち合わせを経て書き始める予定だったのに、勢い良く初打ち合わせに歌詞をもっていってしまった。ダメなら書き直す予定だったが、五人は「いいですねえ」と喜んでくれた。あの日の、春のようにほかほかとした気持ちを私は今も忘れることがないし、仕事で嫌なことがあったときもこの日の残像が絆創膏みたいにぴったりと傷に蓋をしてくれた。

その後、下北でボーカルの二人に会って、細かいニュアンスの調整をした。女性ボーカルのせんせいが、一カ所気になるところがあるという。おかっぱ頭のせんせいはへへへーと照れくさそうに笑いながら、

「あのー、私、ビールを片手に餃子ってキャラではないかもしれへん。あんまりビール飲まないんですー」

と言った。

〈あなたの大好きな餃子を山盛り作って一人でビールを片手にファイター〉

の部分だった。

「そっか、ビール飲まんのやな。何飲むの好き?」

「麦は麦でも麦茶かなあ」

と言って、せんせいは笑った。

「それ、それがええわ。麦茶にしよ。餃子にビールだったらかえって普通やもん。餃

子に麦茶の方がリアルやし、主人公の生活感が見えていいわ」

ビールから麦茶に書き換え、

〈あなたの大好きな餃子を山盛り作って一人で麦茶を片手にファイター〉

となった。絵に描いたようなやさぐれた失恋像よりも、よほど真実味ある失恋の歌に変わった。

そのアーティストの言いそうなことよりも、言わなさそうなことを書く方がどきどきして面白い。おちゃらけて見える子には、真面目な一面を。逆に大人しそうな子には大胆な言葉を。私は内面に潜んでいるだろう部分を描きたいなと思う。人間の目に見えている部分なんてごくわずかなんじゃないかと思う。木の根っこが、空に広がる枝葉よりも地中に広く手を伸ばしているように。でも、やりすぎて歌わされているように見えるのは一番残念なことだから、せんせいとのやり取りの中で誰が歌うのかが最も大事だと学んだ。匙加減が力量の試されるところ。歌詞を書くのは本当に楽しくスリリングな時間だ。言葉と音楽の海の中を潜っていって、点と点がピタリとあったとき、全ての苦労は苦労でなくなる。

イレギュラーなお仕事といえば、二〇一六年から二年間パーソナリティーを務めた

NHK第一放送でのラジオ番組「ごごラジ！」だ。金曜の昼一時〜五時という長時間で、しかも全国区での生放送だ。危ないぞ、高田久美子（高田純次さんの女版）の異名をもつ私が、NHKの生放送なんて。危なすぎる。失言してこの世界にいられなくなるんじゃないかと頭をよぎった。断ろうかと迷いに迷ったけど、迷っているということは少し気になっているということで、それは飛び込んでみるべきというサインだ。打ち合わせに行くと優しそうなプロデューサーさんは全く私を警戒していない。「高橋さんの個性を思いっきりだした金曜にしてください」とか、「失敗してもフォローするから大丈夫」とか甘い言葉をちらつかせる。高田久美子という裏の私を知らないからこんなこと言ってられるんだと思ったが、すっかり乗せられた私は番組を引き受けることになった。「そのまま伊予弁を出して喋っていいですよ」とスタッフも相方の神門アナウンサーも優しいので、二年間伊予弁で喋り続けた。関西弁が許されるなら何弁だって許されるべきだ。多少苦情もきたけど、地元を思い出したという方や、方言は後世に残していくべきという意見も多くきたし、何より「あの伊予弁誰や？」という口コミも広がって聴いてくれる人が増え、さらに最初は難色を示していたリスナーが伊予弁に慣れたみたい。粘り勝ちである。

相撲好きな私は、

「ＮＨＫ繋がりで大相撲中の両国国技館から生放送したら面白いと思うんやけどなあ」

と意見を出してみた。ディレクターから
「同じといったって管轄が違うから無理だよ」

と言われたけど、それで引き下がる私じゃない。押して押して、どすこいどすこい。そしたら、両方のスタッフさんが頑張ってくれて本当に実現してしまった！　相撲中継が始まって以来、八十九年間で他の番組が大相撲中に国技館から中継をしたのは初めてのことだという。ラジオの中継席が空いている三時前までの間、あの席に座って、場内や売店の賑わいを神門アナウンサーとともに伝えた。その日の放送は、ＮＨＫラジオセンター内のセンター長特賞というのをいただいた。続いて翌年の名古屋場所にもお邪魔して中継を行うことになり、私の夢はみんなの夢になっていった。

旅の珍道中を話す「高橋久美子の旅をすみかとす」のコーナーでは、新婚旅行中のスペインやサハラ砂漠と中継を繋いだりと、体当たりの実験を繰り返した。「私はもう体が動けなくて旅に行けないけど、久美子さんの話を聴いていたら本当に旅をしているみたい」と言ってくれる年配の方もいて、そういう声が届けば届くほど私のエンジンの調子は上がった。スタッフはいつも面白い番組を作るために真正面からぶつかってきてくれた。私は決して上手なパーソナリティーではなかったが、信頼できるスタッフと0から新しい企画を作る時間は曲作りと同じように、やみつきになる面白さだった。

平日のお昼の番組ということで、リスナーは農業をしながらとか自営業の方、退職後の夫婦、のんびりとした午後のひとときだ。全国放送ゆえ南で桜が咲いていても北ではまだ雪が降っていたり、慣習が違っていたりと様々なギャップが楽しい。昨年「春」というお題でお便りを募集し、番組内で私が詩にして繋ぎ合わせて最後に朗読してみた。

〈春〉

春、薹《とう》が立ちそうな青梗菜《チンゲンサイ》に
春、風にただよう　甘い香りに
春、僕を気にいってくれた君の心に
春、三十年ぶりの同窓会に

春、汗ばむ股引に
春、暖房のいらなくなった部屋の中に
春、新横綱 稀勢の里に
春、一年目のぶどうの苗木に
春、キッチンカーの向かう町に
春、削り花を持つお彼岸の君に
春、五十年ぶりの同窓会に
春、四十歳年下の上海の彼女と歩く銀座に
春、一人暮らしが始まる息子の　こざっぱりとした髪の毛に
春、冬のシバレ残る雪解け水に
春、期待と不安
春、こたつから出た猫の日向ぼっこに
春、公園のベンチで絵本を読む母娘に
春、「いつまでこの町にいるの?」って尋ねる君の目に
春、咲き誇る沈丁花とヒマラヤユキノシタに
春、君のためにツクシを山ほどとって腱鞘炎になってしまった右手首に

春、フキノトウをもう百個くらい入れた冷凍庫に
春、俳句祭りのぼんぼりに

春、私がそばにいかずとも
そっと 寄り添い
つま先から春 目の裏に春
容赦なく 春は、春が、春に

春、眠りから覚め
吹き出してゆく 全ての感情
春は、春が、春にとる

春、私達の希望をのせて
春は、春が、春に
春に 春に 春に なる

私が渋谷のスタジオから放送する間に、ある人は葡萄の剪定をし、ある人はトラックで荷物を運び、ある人はテスト勉強をし、ある人は病気と闘い、ある人は子どものおむつを替え、ある人は訪問販売に一五二軒目のチャイムを押し、またある人はレストランの仕込みをしていた。顔の知らないリスナーが、同じ地球のどこかに暮らしているということ。自分と同じように笑い、泣き、失敗しながらも頑張って今日を生きているということに、私は次第に安らぎと励ましをもらうようになっていた。届くお便りはどんなドラマよりも瑞々しく生命力に溢れた、まさに生きた言葉だった。ラジオを聴くそれぞれは秘密基地の中で一人なのに決して孤独ではない。それらは何千何万、糸電話のように繋がっていた。

またラジオのお仕事をしてみたいなと思う（現在もＦＭ徳島で毎週五分弱の番組をやっていますが）。残る言葉の仕事をしているので、消えていく言葉のお仕事がラジオと思っていたけど、糸電話で繋がったあの特別な空間は消えることはなかった。今この時間も、地続きの世界のどこかで、あの人たちが生活していることを想像すると私は頑張ろうという気持ちになるのだ。

音楽2

ある昼下がり、夫と街を散歩していたときのこと。私の口から飛び出た言葉にびっくりした。「なあ、カラオケ行かん?」と言ったのだ。彼はぎょっとして、「絶対嫌」と言った。「先帰ってるから一人で歌ってきな」と言われたが、一人カラオケする勇気はない。かれこれ十年以上カラオケに行きたいなんて思ったことは微塵もなかったし、なんなら誘われても行くのが嫌だった。ペラペラの音に合わせて歌うなんて不毛な時間だわと思っていた。

音楽から離れて六年、満タンで溢れていた私の音楽のダムはだんだんと引いて、今やっと空っぽになったのかもしれないなと思った。授業で「翼をください」を合唱したときの気持ちよさとか、「エリーゼのために」を弾けるようになった喜びみたいに、単純に歌を歌いたかったんだ。

その日はふいにやってくる。

打ち合わせをかねた三名での食事会のあと、「高橋さん、行きたいところはないですか？」と編集者に尋ねられた。行きたいもなにも時刻は間もなく終電が発車しようとする頃だ。二人は「いえいえ、もうこんな時間ですし帰りましょうか」という答えを期待していたに違いない。その夜の私は少し違っていた。初対面の編集者に向かって静かに言葉を放った。

「カラオケ……。カラオケに行きたいです」

「安西先生バスケがしたいです」風に書いたが、ミッチーレベルに私の歌いたい熱は頂点に達していたのだった。

「え、カラオケ……ですか？　意外ですね……」

編集者達は顔を見合わせ、少し驚いたようだったが、私の言葉があまりに緊急を要して聞こえたのかすぐ笑顔にもどり

「よし！　カラオケ、行きましょうよ。歌いましょうよ」

と、妙なガッツを振り絞ってくれたのだった。バーを抜け出し三人でスキップしながら深夜の繁華街に飛び出す。歌うぞ。歌え歌え。歌うぞ歌うぞ。朝までカラオケなんて、大学生以来である。心の泉を取り戻すように私は歌い倒した。機材の音が悪い

のも、むっちゃくちゃ部屋が狭いのも全然気にしないで、ドリンクを頼むのも面倒くさくなって手持ちの水を飲みながら、罰ゲームのように歌った。途中で一人が寝落ちしてしまったので、耐久レースになってきた。どちらかが、もう帰りましょうと言ったら試合終了だ。私の殺気を読み取った編集者はそんな言葉おくびにも出さないのだった。トイレに行くと、一人になるのでお互いに気を使い合ってダッシュでトイレに行き一分以内に帰ってくる。タンバリンもマラカスもほっぽり出して、部屋の電話が鳴っても無視して、盛り上がる曲かどうかとかも関係なく、サビしか歌えないとかも気にせず、拍手もせず、なんならもう相手の歌など聞いておらず、とにかくメロディーにのせて口から声を出し続けるのだった。

その結果、朝六時、喉はガラガラになって声が出なくなっていた。改札に吸い込まれていく亡霊二人を見送って、朝を迎える街に逆らうように堂々と歩いて家に帰った。

また十年はカラオケに行かなくても平気だ。

「ドラムを叩きたくならないんですか？」とよく聞かれる。散々カラオケの話を書いてきたが、ドラマーだったのだから、「安西先生ドラムが叩きたいです」が理想的な台詞だろう。

六年経ってもドラムを叩きたくて死にそうになることはなかった。お箸でお皿を叩いたりはするけど、バンドをやりたいとかスタジオに行こうとかそういうことにはならない。あれだけ毎日叩いていたというのに不思議な気もするが、確かに現役当時から男性ドラマーのようにドラムという楽器に恋している人間ではなかった。ドラム飲み会でマニアックなドラム談義になっても殆ど入っていけず、「あの人のあのプレーが」と意気揚々と話すドラマー達を見ているだけでよかった。

私はバンドというものをするためにドラムを選び、表現をするための道具の一つとしてドラムを叩いていた。一度、脱退直後に友人のバンドのサポートドラムをやったが、あまりの下手さに愕然とした。私はチャットモンチーでしか成立しないドラマーであり、その他では正真正銘のポンコツなのだった。いわゆる普通のドラムが叩けなかった。二度と人様あっての世界に手を伸ばしてはならないと肝に銘じた。

私はドラムが好きなのではなかった。三人でスタジオに入って新しい曲のドラムアレンジを作るのが好きだったのだ。今でも無意識のうちに街の雑踏の中から変なリズムを生み出し口ずさんでみたり、ラジオから流れる音楽を聞いては私だったらどんなアレンジにするだろうかと想像する。電車がすれ違うときのプログレッシブなリズム、鳴門の海岸に打ち付ける波、スクランブル交差点の足音、阿波踊りの下駄の音、ヘリコプターのプロペラ、徳島には徳島のリズムがあり、東京には東京のリズムがあった。大学時代はティコ・トーレスの爆発音みたいなタムやキックの音に憧れたが、あれはレコーディングやミックスでないとどうにもならない音だとデビューして知った。音は機材やチューニングによるところが大きいので自分ではどうにもならないことも多いが、アレンジは自分次第でどうにでもなる。ことに自然界のリズムパターンは無限で、私に予期せぬリズムを教えてくれる一番の師匠であった。電車の音を急いでドンドガドガガドとカタカナでメモするけど、スタジオに入ってその暗号を改めて見ても思い出すまでには時間がかかった。

三人で新曲をアレンジしている時間は実験室のような刺激的なものだった。東京にいるけれど、徳島にいるような安心できる空間でもあった。実験しすぎて私が忘れてしまったパターンを大概二人が覚えていてくれた。「二つ前に叩いとったフレーズ良かったよ」「二つ前？　ええと、これ？」「うーん、ちょっと違う。バスドラがもっと変なとこに入ってたよ」「これかな？」「そうそれ」このバンドのドラムアレンジがかっこいいとか、こういうのを叩いてみてほしいみたいな事を言わずに二人はいつも私の勘みたいなものを面白がってくれた。毎回ほぼ未完成のままやってくる私を非難することなく、表現を引き出して、そして「かっこいいねそれ」と言って、変なアレンジを好んでくれた。苦難を乗り越え新曲が完成して三人のサウンドが混ざったときの震えるような感動だけが私をドラム椅子に座らせていたと思う。

新曲づくり初日「久美子何かこれっていうリズムを叩いてみて」と、えっちゃんがメロディーを披露する前に私がドラムパターンを叩き、そこにメロディーをのせることも多かった。メロディーも歌もないのにリズムだけ先に作るというのは今思うともすごく画期的な制作方法だと思う。どんなん叩いたろかなと、ものすごくワクワクする瞬間だった。そこでたとえ私が五拍子を叩いても作ってきたメロディーラインを器用に変形させて乗せてくるのがえっちゃんだった。その間を器用に泳ぎ回るあっこちゃんのベースは、先に決まったリズムとメロディーの間に繊細に音を練り込み繋げるというバンドの要だった。

私が脱退後、チャットが変身し続けたことは私にとっては全く不思議なことではなかった。信念は頑なものを持っているが、方法としては当時からこれだけ柔軟な人達だったのだから。

三人のかっこいいのポイントは大体一致していた。「いい感じになってきたなあ」の目安は、アレンジを変えすぎて、私が何をやっていたか覚えられなくなってくる頃だった。野性の勘と三人のいいねボタンだけで作られていく。

正月に実家を整理していたら、コピーされた手書きの歌詞が出てきた。えっちゃんの書いた変な動物の絵も添えられている。そこにはメモで「少し悲しいような」とか「夕日のような感じ」とか書かれている。そういえばデビュー前はコピーした歌詞を楽譜代わりに三人とも持ち歩き曲のもつ色や感情を詞の横に書き込んでいた。夕日のようなドラムアレンジってどんなんや。と突っ込みたいだろうけど、そういう感覚的なもので作られていたのが当時のチャットだった。ドラムはリズム楽器ではあるけれど、歌詞の世界に寄り添ったアレンジをしたいと思っていた。それは自分も歌詞を書くからというだけでなく、オーケストラ部や吹奏楽部のころの習慣が続いていたからだろう。オーケストラではシンバル、タムタム、小太鼓、大太鼓、タンバリン、ハイハット、ティンパニなどそれぞれの奏者が個別に演奏するため、より緻密に編曲されている。またダイナミクスのふり幅も大きく、表現の深みを出すために曲の行間を読み解くことは当然のプロセスだったのだ。私は大いにその名残を受け継いでいたのだと思う。

ドラムは後ろでリズムキープという一人だけクールな役をまかされがちだけれど、唯一電気の通らない原始的な楽器なのだから、もっと感情を音に反映すべきだと私は思う。今でも気持ちはドラマーだから、ライブに行ってもドラムばかり見てしまう。やっぱり一番かっこいい楽器だと思う。

脱退して初めて私はチャットモンチーだったんだと実感した。ふと街角で曲が流れたり、若いバンドの子が涙を浮かべて「コピーしていたんです」と言ってくれたり、いまだにアルバムにサインを求められたりすることもあって、自分はもの書きとして先に進もうとしているが、やっぱり私はどこへ行ってもチャットモンチーの高橋なのだった。最初は参ったなぁと思ったが、今は超える必要などない勲章なんだなと思える。最近になって家でも改めてCDを聴くようになったが三人のときのものも二人になってからのものも素晴らしい。客観的に聴けるようになったとき、自分のやれるだけの全力を詰めた時間を音に残せたというのは本当に幸せなことだと思った。この先私がこの世からいなくなっても、音は消えないのだから。きっと思い出という名のスパイスも混ぜてその人その人のオリジナル楽曲として流れ続けるのだろう。思い切り、後悔ないくらい音楽をやらせてもらえたんだなあと、当時は気づけなかったいろいろな人達への感謝が湧き起こって、ああ子どもだったなあとシュンとすることもある。でも子どもだったからできたこともあるのだから、今は全部全部それで良かったんだと思える。

今でも、三人でライブをする夢を見たりする。大体が途中からドラムアレンジを覚えてなくて、うなされて起きるという悪夢だ。私が抜けたあとの二人の六年は、冒険の日々だっただろう。えっちゃんは子育てをしながら、あっこちゃんは新しいチャレンジを音楽に還元しながら、正に「ドライブ」のように山も谷も越えて突き進んできたのだろうと想像する。もはや今までの「チャットモンチー」に縛られない楽曲を作っていく二人はとてもしなやかに逞しく見え、どれもこれも挑戦的でギラギラしていた。身内が送る賛辞ではなく音楽ファンとして客観的な耳で聴いても、ブラボーな楽曲ばかりだ。六年。私がヒトノユメ展を作り、数冊の本を出版したり、数十曲の歌詞を提供したり、朗読をしたりと文章と格闘をしていた間、二人はチャットモンチーであり続けた。飽くなき情熱を燃やし続けたのだった。

えっちゃんから連絡がきたとき、なんとなくそういう話だろうかと思った。もう十分にやりきったのだろうなと感じた。もしかしたら、半分くらいはチャットモンチーであり続けてくれていたのかもしれないとも思った。

私みたいに時々、夢に出てきたりもするし、チャットモンチーからは逃れられないけれど、勲章をかけたまま、好きなように生きてほしいなと思う。

昔、バンドを解散した知人に、他にバンドを組まないのかと聞いたら「このバンド以上にかっこいいバンドを作れる気がしないんだ」と返ってきた。今になってその気持ちがよくわかる。最近同じ質問をよくされるが、全く同感だった。私はもう誰ともバンドは組めないのじゃないかと思う。趣味で仲良しバンドをやろうとも思えなかった。クローゼットの中でドラムセットは息を潜めている。私の唯一の友人になってくれた太鼓だ。ごめんよ、でも誰かにあげたりせずに死ぬまで一緒に過ごすよ。手放したりはできない。

『思いつつ、嘆きつつ、走りつつ、』を読み返しながら、私は何となく何かをやった試しがないんだなあと気付いた。中高続けた吹奏楽も、受験も、バンドも、ヒトノユメ展も、旅も、私には0か100のどちらかのスイッチしかない。嵐が去ってぽつねんと一人0に戻ったとき、地球の隅っこに立ち尽くす高校時代の自分と何も変わらなかった。私は猛烈に走っては、また元の0地点に帰り、またダッシュしては0に帰り、前に進んでいるように見えていつも同じ場所にいた。そこにはいつも私だけがいた。

人間は必ず前に進まなければいけないことになっている。歌詞でも何でも「新しい未来」とか「前に進もう」とか歌いがちだけれど、それだけが正解ではないのではないか。一瞬の燃えるような情熱を胸に秘めて生きていくだけでよしにしてくれないか。ぐるぐると目まぐるしく更新されまくる世界の中で、ときどきそう思う。私達は経験と引き換えに元々あった感性を差し出している。知ること、進むことは失うことでもある。周りに左右されず自分の中に溜まった感動をコーヒーを濾過するようにじわじわと時間をかけて染み込ませる。たまに胸の中にある鈍色の勲章を眺めて。過去の中にこそ、新鮮な未来が見える瞬間があるのだ。これは本当に。

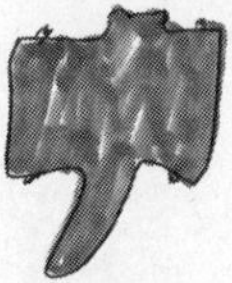

ボーナストラック

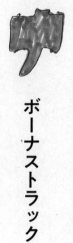

踏切

下北沢の北口商店街を抜けてマンションに帰る坂の途中に古い木造の一軒家があった。その家の塀からは同じくらい年季の入った桜の木が大胆に顔を出して道いっぱいに枝を伸ばしている。どんな人が住んでいるかはベランダで揺れるベージュ色の股引と、それと同色の下着で想像がついた。

くるみが、この木を気に入って、坂を上りきったところの小さなマンションに住むことにしたのは三年前のことだった。池ノ上と東北沢の丁度間くらいに住んでいると友人たちに説明していたが、本当のところ今でも違う道を帰れば迷子になる自信があった。

春になると、彼女の住む二階の部屋の窓からは桜の花びらがちらちらと地に下りてゆくのが見えて、昼も夜も一日中木を見て過ごした。街灯を背にした夜桜を見ていると、まるでこの部屋が銀河を旅する車輛のように思えた。下北といえども中心から離れれば田舎道とさして変わらず坂の下を走る電車だけが自分以外の生命体のようだった。あちらの車輛とこちらの車輛とのちょうど間にある桜の木は銀河ステーションだ。ステーションの向こう側は目と鼻の先なのに自分からはひどく遠い世界に思えた。

「たまには外に出たら？　またずっと家にいたの？」

深夜、仕事から一時帰宅した辻くんがコンビニのおにぎりを食べながら尋ねた。

「いいのよ。私はここが好きなんだし」

「でも、もう一週間出てないんだろ。引きこもりじゃん」

温めた味噌汁を椀によそいながら辻くんは眉をひそめた。

「だって、外に出て何するの。私はコーヒー嫌いだし」

「ほら、気分転換に公園でもいけばいい」

「簡単に公園って言うけどね、あそこは子どもとお母さんしか行っちゃいけない宇宙空間なんだよ。もう恐ろしくて行けないよ、子どもとお母さんうじゃうじゃよ。平日の昼間に公園でぼーっとしてる三十代なんて気味悪くて通報されそうじゃない」

辻くんのために半分残しておいたチーズオムレツをお箸でつつきながらくるみは言葉を連ねた。マッシュルームとカットしたトマトを入れてふんわり焼き上げたのに、時間がたってしまって今はぺちゃんこの卵焼きだ。

「ねえ、思うんだけど、引きこもりってそうやって作られんじゃないのかな。私なんてまだましだけどね、例えば太ってヒゲ生えた男の人なんてかわいそうだよ。実はすごく優しい人だとしてもだよ、昼間の公園にいたら怪しいでしょう？　ぼーっと子どもも見てたいときもあるよそりゃ。でも物騒な事件も多いじゃない。だから変な人って思われたら嫌だし、恐ろしくて公園なんて近づけない。そしたら、家にいるしかないじゃない。そうやってみんな引きこもりになるんだよ」

辻くんはスピーディーに夕食を食べ終えて食器を洗って隣の網に伏せていく。ちゃんと食器は洗ってくれるけど、辻くんの洗った皿の裏はいつもぬるぬるしていた。

「辻くん、私ね、やっぱ最後にあのおじさんと話してみようと思ってね」

「え？　線路の工事の人？　やめときなよー。それこそ気味悪がられるよ」

辻くんが怪しいものを見る目でこちらを見てきた。

「だって私二年間、ずっと見てきたんだ、ここから。もう一週間後には引っ越しだからこれがラストチャンスなんだよ」

「何のラストチャンスだよ。おじさんかわいそうだろ、くるみは見てたかもしんないけど向こうは見られてたんだよ。それ知って喜ぶ人いないでしょ。ほんとに変なとこで自己中だよなあ」

そう言い残すと辻くんは、シャワーだけ浴びてまた仕事へ戻っていった。

翌朝、銀河ステーション下の踏切の脇にはヘルメットを被ったおじさんがじっと立っているのが見えた。今日はぽかぽかと良い天気だから外もさぞかし気持ちが良いだろう。小田急線の線路を地下に埋めるための工事が始まったのは二年前のこと。日に焼けて赤い顔のおじさんが来る日も来る日も線路脇に立つようになった。くるみは、マンションの窓からおじさんの小さな背中を毎日見ていた。雨の日はカッパを着て、炎天下の日はベトナム人みたいな帽子を被って、おじさんは地蔵のように立ち続けた。たまに買い物をして帰るとき、ちらっと顔を見た。痩せた猿のようにしわしわの赤い顔、口元がくしゃっとしているから、歯はないのかもしれない。あの人はいつも何を考えてあそこに立っているんだろう。朝の八時から、夜の七時まで。他の若い作業員と鉄骨を運んだり一輪車を押したりすることはなく、おじさんは、じっと同じ場所に立っているだけだ。別の場所の踏切に立っている人は「こんにちは」とか「お気をつけて」とか気を利かせて一言を添えてくれるのに、銀河ステーションおじさんはただただ空を眺めているだけで言葉を発することはなかった。くるみは、いつの日にか、淡い期待を抱くようになっていた。もしかするとこの人にも自分と同じような時間が流れているのかもしれない。毎日毎日、あの場所で他の人には見えないものを見続けているようなそんな風であってほしいと妄想を膨らませていた。

意を決して、玄関に向かいコンバースの紐を結んだとき、電話が鳴り響いて慌てて靴のまま部屋に戻った。

千景からの電話は一年に一回、忘れた頃わざわざ家の電話にかかってくる。携帯を持ち歩かないくるみの癖を知っているからだ。大学のとき一緒に園芸部だった子で、親友ということになっている。こないだ千景の結婚式に行ってきた。相手は日野市で一番大きい葬儀屋の息子で、議員とか市長代理とか眠たそうな人がたくさん参列していた。当然のごとくバブル期みたいにお色直しが三回も行われ、眠そうな人々の挨拶はとめどなく続いた。式の終盤、家族にあてた手紙を読む屈強な旦那さんの頬を伝う涙を何度も何度も白いハンカチで拭ってあげる千景の横顔を、くるみは見ていられなかった。大学のときはオノ・ヨーコを尊敬してやまない革命家みたいな女子だったのに一体何が起こっているんだろうと思った。

「高架下のあのバラックが下北らしさで良かったのにね。都市開発ってほんと勝手だよね。それでくるみも引っ越すんでしょう？　今度の家はどこなの？」

昔から千景は何個もいっぺんに聞いてくる。

駅からちょっと歩くけどね」

「祐天寺かー、中目も近いしいいじゃん。でも下北のコーヒー、どこだっけコーヒー嫌いのあんたが唯一飲めるカフェラテみたいのあったじゃん。えーと」

「ベアポンドカフェのジブラルタル？」

「そうベアポンド！　遠くなっちゃうね。あー、ジブラルタル飲みたくなってきちゃった。で、そっちはいつ結婚すんのよ？　もう長いじゃーん。一緒に暮らしてんでしょ。プロポーズとかないわけ？　なんだかんだ言ったってさ、やっぱ女の幸せって結婚だって。好きかどうかってことより、二人分の洗濯物干してさ、二人分の御飯作ってさ、一人じゃないんだって思えることが幸せだと思うんだ。くるみにも絶対幸せになってほしいもん。くるみのこと泣かせる男は絶対許さないから、なんかあったらいつでも言ってね」

たとえ地球最後の女になっても男になんて頼らず生きてくって言ってたくせに。親友という鎖を年々重く感じる自分が嫌だった。こんなこと言う千景に学生時代だったら、笑ってつっこめていたのに、もう遥か遠い惑星の人みたいだ。こんな感情を抱くくらいなら、大切なものは宝箱に入れたまま開けずにとっておきたかった。

「引っ越す前にまた遊びにいこっかな。下北の最後見届けないとね。ほんと、あの雑多な感じが下北だったのになー。整頓されたら全然つまんないよねー。あ、旦那も連れてってていい？　辻くんにも会わせたいしさぁ。四人で一緒に遊ぼうよ。ベアポンド行って、それから小籠包食べよう」

「うん、待ってるね」

電話を切って、靴を履いたままやかんをコンロにかけた。あの小籠包屋は潰れたと言い忘れた。疲れた。最近辻くん以外の人間と喋ることがないから、言葉が全然出てこないんだと思った。待ってるねっていうのは、多分待ってない時の常套句だと思った。どうしてだか、切ったあとに想いが溢れて少し涙が出てしまった。

再開発は確かに残念だけれど開かずの踏切がなくなって、少なくとも辻くんは喜んでいる。消防車が入れないバラック群は危ないから何とかしたいという地元住民からの要望もあって再開発されることになったと風の噂で聞いた。

そもそも下北が再開発されるから引っ越すんじゃない。大雨が降った夜、ベランダの排水溝が詰まっていたらしく部屋に雨水が浸水してしまったのだ。開けなければ良かったのに、ドアを開けてしまったから、その反動でベランダにたまった水が洪水のように押し寄せ、部屋全体がくるぶしまで水に浸かってしまった。辻くんと洗面器で水をかき出した極寒の二月、二人して風邪をひいた。

辻くんは何年付き合っても変わらない人だった。家賃や光熱費を払ってくれる気配はないが外食をしたときはいつも奢ってくれたり、お酒はビールをジョッキに半分だけであとはウーロン茶とか、ポテトチップスはうすしお味とか、自分の髪を切るついでにくるみの髪を切ってくれる夜もあって、そんなとき決まって「やっぱ俺が切ってあげたのが一番似合うでしょ」と言った。辻ルールはその程度で、その他の大半は電線に引っかかった風船みたいにふわふわと揺れていた。飛びそうで飛んでいかない人だった。いっそ飛ばしてあげた方がいいかなと思ったりもするけれど、下手に触ると感電しそうな際どさも持ち得ているように思って、くるみも隣でゆらゆら揺れていることにした。それは心地よい、リズムなきリズムだった。

紅茶を飲みながら、靴のままであることに気づいた。きっと今日は決戦のときではなかったのだ。テーブルの下に靴を脱ぎ飛ばすと、隣の部屋のベッドに飛び込んで読みかけの本を開いた。

〈インターネットの会社から電話かかってくると思うけどよろしくね〉

テーブルの置き手紙に気づいたのは翌日の昼間のことだった。ベッドの上に転がしたままの携帯を開くと既にインターネット会社から着信があったらしい。お茶を沸かしながら着信ボタンを二度押すと、「ガイダンスに従って操作してください」と例の音声が流れはじめた。そっちからかけてきたくせにこちらの要件を聞くのはおかしいだろ、と思ったが、「5」を押すとオペレーターに繋がるための聞きなれた音声が流れはじめる。

「電話が大変込み合っています。しばらくお待ちいただくか、もうしばらくたってからおかけ直しください」

どうせ長いだろうからスピーカーフォンにして、ダンボールに荷物を詰めていく。三年で随分荷物も増えてしまった。半分あいていた本棚には、辻くんの資料で埋めつくされていることに気づいた。

辻くんはラジオ局で制作ディレクターをしている。今度の家は、忙しい辻くんが少しでも家に帰ってこられるように放送局から自転車で五分の場所に決めた。仕事が多忙なのは、断れない性格だからというよりラジオが大好きだからだ。仮眠室でちゃんと眠っているからけっこう元気らしい。アラフォーにしては、まだ学割でいけそうなくらい艶やかな頬だった。深夜、ラジオをつけるとDJにいじられておどけている辻くんの声が聞こえた。くるみはラジオの中の辻くんが好きだった。自分と離れたところで生き生きと輝く辻くんをそっと眺める方が安心できた。

数分コール音が続いて生身の人間の声に変わった。慌てて携帯を取ると積み上げたダンボールに小指をぶつけて悶絶してしまう。オペレーターの男性はくるみの住所と生年月日を確かめると、新居でのネットの回線工事に立ち会ってほしいということを機械ではないかと思うくらいそつなく喋った。

「四月の二十一日でお申込みいただいていますが、その日で大丈夫でしょうか？」

辻くんが確かに、その日空けておいてねと言っていたように思うが、スケジュール帳を開けるとたまの仕事が丁度入ってしまってる。大学のときに習得した中国語で、留学先だった四川の知人から通訳の話がくるようになったのは七年前のこと。それがきっかけで他の大きな企業からも仕事をもらうようになっていたのだ。半分ニートのようでいて、通訳や翻訳の仕事で案外ちゃんと生活できていた。人生がこんな平坦なまま終わるはずないといつだって覚悟しているのに、いつまでたっても山も谷も現れなかった。

「あの、私いなくてですね。ど、どうしよう。すぐ近くで、自転車で五分のところで辻くん……えっと、同居人が働いてですね、その時間だけ新居にきてもらいますから、家についたら電話くれますか？」

「なるほど。わかりました。それでは、そうだなあ、うーん、私が回線工事に行くわけでなくて他の会社の人が行くのでですね、だから玄関のドアに一言『すぐに帰ってきますので、少し待っていてください』と書いて貼っておいてもらえますか。到着したらすぐに同居人の方にこちらからご一報させていただきます」

「え、玄関に、手書きの紙ですか？」

「非常に何だかアナログな方法で申し訳ないんですけど」

「はい、わかりました。書いて貼っておきます。『すぐ帰ってきますので、お待ちください』って」

「お手数かけて大変申し訳ないです。インターネット会社がやることのように思えないですよね。非常に原始的ですよね。お恥ずかしい」

「そうですね、でも一番わかりやすい」

「はい、実は手書きが一番早くてわかりやすいんですよね」

オペレーターの男性は、まるで友達とでも喋っているように無邪気に笑った。

服を着替えて、外へ出た。家の中より随分暖かいことに驚いた。太陽の光が体の芯まで温めてくれる気がして、これを毎日浴びている人達と自分との決定的な違いを感じた。緑になった桜の木は春風に枝をまかせて自由に揺れている。目を閉じると桜餅の匂いがして、しばらくじっと春の残りを吸い込んでみた。自分の入っていた場所を見上げると、まだもう一人の自分があの中にいるようだ。こんな一瞬のことなのに、どうしてもっと早く外に出なかったのか不思議に思えたが、あの中に入っていると外の世界への扉が鉛のように重いことも知っている。西日に向かって坂を下っていった。

踏切には丸めた背の後ろで手を組んだおじさんが静かに立っている。

「こ、こんにちは」

声をかけると、くるみの方を確かめておじさんは小さく会釈してくれた。

「あの、私すぐ近くに住んでいて、ここをよく……ってほどではないんですけど通っていて。もうすぐ引っ越すんです」

周りで作業している若い人達が一様にこちらを見ている。どうしよう、辻くんがいないと、どうやって喋っていたかわからなくなる。

「そうですか」

初めておじさんは口を開いた。しゃがれた小さな声だった。思っているよりずっと年配の人かもしれない。

「あの、おじさんの後ろ姿を毎日見ていたんです。どんなことを考えているんだろうって私気になっていました」

何言ってるんだ。これじゃまるで愛の告白だ。おじさんは、赤い顔をますます赤くして、千景からの電話に出た自分のように言葉が詰まってしばらく出てこないようだった。

「別に、何も、考えちゃいない、ですよ。終わったら酒でも飲もうかなとか、そういうことしか」

下を向いたまま、ぼそぼそと喋る。

「お酒好きなんですね」

「はあ、まあ」

軽トラに乗せられて、都知事選の候補者の立て看板が踏切を渡っていった。

「そういえば先週は都知事選でしたね」

世間話なら間違いないだろうと思ったのが甘かった。おじさんは、ふんと鼻で笑って
「私には、関係ないですよ。生まれてから一度も選挙なんて行ったことありませんから。テレビ見て酒飲んで寝る、そういう毎日ですから」

と、不良少年のように言った。

話していくと、おじさんは新潟の人だとわかった。でも訳あって十三年間地元には帰ってないのだそうだ。酒所ではあるが、新潟の酒など飲んだことがないと言った。アルコールであれば何でもいいので産地はどうでもいいのだそうだ。そして定年退職を迎えたが食べていけないので働いているのだと言った。やっぱり歯が殆どないようで、ところどころ聞き取れなかった。聞く事聞く事全てが裏目に出て、くるみはどんどん気まずくなっていった。おじさんの目の前に銀河ステーションは広がっていなかった。

「じゃあ、ごめんなさい私、いきますね。ありがとうございました」

くるみが立ち去ろうとしたときだった。背後でかすかな声がした。

「あの、でも、毎日同じ人が同じ時間にここを通っていくでしょ。だから、なんというかな、今日も元気でいてくれたらいいなと。向こうから挨拶してくれる人もいるからね、その人が帰りも通ってくれたら、一日が無事に終わったんだなとね。それは嬉しいもんだよ」

あまりに今までの話の流れとは真逆なもので拍子抜けしてしまった。きっと、自分のためによそ行きの回答をひねり出してくれたに違いなかった。線路の向こうには、下北の家々を飲み込むように大きな夕日が沈んでいて、それはいつかテレビで見たサバンナのようだった。家の中で見る景色とはまるで違っている。この人は、ここに立って太陽に毎日飲み込まれているのだと思った。

「私日本酒はあまり詳しくないけどね、新潟のお酒はとても美味しいそうです。今度、飲んでみてくださいね」

それだけ言って、くるみは下北沢の街へ下っていった。まだベアポンドカフェは開いているだろうか。今日のことは辻くんには喋らないでいようと思った。

おわりに

昼下がり、友人でありデザイナーの宇都宮三鈴さんと長電話していたところ、「くみちゃん『思いつつ、嘆きつつ、走りつつ、』を文庫化できたらいいのにね?」という話をしてくれました。二〇一三年に毎日新聞社から出版し、現在は絶版状態になっていたエッセイ集です。「ほったらかしていたけど、できるならしたいな」と答えると、翌日にはちくま文庫の窪拓哉さんに話してくれて、あれよあれよという間に実現へと漕ぎ出しました。宇都宮さんは、ずぼらな私を気にかけてくれる、東京の姉のような存在なのです。窪さんとの打ち合わせはいつも朗らかで楽しくて、褒めて伸ばしてくれる二人のお陰で、新たに『いっぴき』として息を吹き返しました。二人に心から感謝いたします。また、単行本『思いつつ、嘆きつつ、走りつつ、』の担当編集者だった小川和久さんにもこの場をお借りしてお礼申し上げます。深夜のサイゼリアで何度も駆け出しの私の文章相談にのってくれました。今は新聞記者になられたそうで、時は皆に平等に流れますね。四年の間に私の文章も少しは成長できたかな。

今回のために解説文の執筆を快く引き受けてくれたチャットモンチーのえっちゃん、帯コメントを書いてくれたあっこちゃん、今年は大変に忙しい年だったのに、私の久々の我儘に付き合ってくれて本当にありがとう。六年間を振り返るとき二人の活躍がいつも私の背中を押してくれました。こういう形で再会でき、しかも素晴らしい言葉を送ってもらえて、読みながらいつのまにか涙が出ていたよ。私も、二人の人生をこれからも応援し続けたいです。それぞれが進む道の途中で、ときどきハイタッチできたらいいね。

そして「探すより描くほうが早いから」と今回のためにムササビを描き下ろしてくださったミロコマチコさんの心意気に感謝いたします。ミロコさんの展覧会の帰りの電車で、頭の中が逞しきムササビでいっぱいになりました。数年前、ムササビに惹かれてウォッチングに長野まで出かけたことがありました。羽がないのに、木から木へ果敢に飛び移るムササビはまるで自分のようでした。空中も、陸上も自由に駆け回るへんてこな夜行性の動物。私も、いつまでも自由で面白い生き物でいたいなあ。

そうそう、ボーナストラックは主人公のムササビ的小ジャンプを描いた短編小説でした。私もくるみも半径五メートルの宇宙を探り続けてきたのだと思います。

いっぴきの物語はまだまだここからでしょうから、続きはまたどこかで。これまで出会った全てのみなさんに、ありがとう。感謝を込めて。

二〇一八年五月二〇日

解説

チャットモンチー　橋本絵莉子

息子は、三人の頃のチャットモンチーを知らない。六年は、短いようで長い。

くみこんに初めて会った場所は、鳴門教育大学の軽音部の部室の前。あっこちゃんが紹介してくれた。寝起き、みたいな印象を受けたのだけど、実際パジャマだったんじゃないかなと思う。私は鳴教生でもないのに軽音部に入れてもらっていて、そんな年下の新参者に、とても優しくしてくれてた。

教師になるために愛媛からやってきてたくみこん。鳴門を愛し、大学の仲間や先輩や後輩に愛されていて、だけどどこか人に触れさせないスペースみたいなものを持ってる人だなと思っていた。

そんな久美子さん（出会ってしばらくはこう呼んでた）がチャットモンチーにドラマーとして入ると決めてくれた時は、あっこちゃんと手を叩いて喜んだ。とっても嬉しかった。ほんとに勇気のいる決断だったと思う。だって先生になるために入った大学。当たり前のようにベースを弾いてたあっこちゃんも相当すごいけれど。

くみこんが詩を書き溜めていると知ったので、良ければ歌詞を書いて欲しいと伝えたら、ほんとに脱退する最後の最後まで、歌詞を書き続けてくれた。

くみこんの歌詞はひとことで言うと、楽しい。

生きていて、見たこと聞いたことはあるけど未だ発したことのない言葉が紙の上にうじゃうじゃいて、しかも初期の頃なんかは手書きでもらってたから、彼女の達筆と相まってほんとに楽しかった。

「えっちゃんこれ、新しい歌詞じゃけん」と、自作のお弁当箱を開ける時みたいな雰囲気で歌詞を渡してくれる。何故か照れる瞬間ではあったけど、私はいつもわくわくしてた。消しゴムで消さずに線で間違いを訂正しまくってるのを見ると、コタツか何かの机に向かって、ああでもないこうでもないと頭を悩ませてる横顔がいつも浮かんでいた。

チャットモンチーの歌詞は、詩として成立しているものが多くて、そこにメロディー、リズムや楽器、歌がのってくるから、感情を込めて歌いすぎるとくどくなる。くみこんの情景たっぷりの歌詞には、あくまでもクールに歌うことが、似合う。パチンコ玉みたいに自由に転がる歌詞だからこそのメロディーがいっぱい浮かんだ。

くみこんのにおいがする歌詞っていうと、まあ全部そうなんだけど、いろいろ思い返してみても、ほんとにまあ全部そうなんだけど、「サラバ青春」、「ドッペルゲンガー」、「Y氏の夕方」、「雲走る」、「あいかわらず」、「桜前線」、「湯気」、等の歌詞は、どこをどう切り取っても高橋久美子だし、メロディーラインもとても気に入ってる。今でも、くみこんの歌詞に一番ぴったりなメロディーをのせられるのは私だと思ってる。

三人が揃って、一段と本気モードに入ったチャットモンチーのデビューは、意外と早く決まった。一本一本のライブが勝負で、なめられないように、ふりしぼるようにライブした。

ライブはもちろん、曲作り、レコーディング、プロモーション、ツアー、まさに怒濤の東京生活。練習も今までみたいに思う存分できない。終電までダッシュの日々。

アルバム一枚出すたびに、腹を割って話す時間こそどんどん減っていってしまったけれど、くみこんから歌詞をもらってそれを読みメロディーをつけることで、ああ、今こんな気持ちなんだ、と、その時々のくみこんの心を垣間見れている様な気がして、安心するようになった。

脱退したいと聞いた時は、素直に納得できたけど、うまく想像ができなかった。それまでにも危うい時期があったから、なんとなく覚悟はできていたのに。自分の詩の世界に没頭していくくみこんを隣で見ていて、正直に書いてしまえば、めっちゃさびしかったし、すぐ隣にいるのにめっちゃ遠かった。だけど、足や腰を痛めながらドラムを叩いてきた彼女が、いろいろ限界を迎えているのはわかってた。白井さんとの絵と詩の個展も、東京のは行ったけど、徳島のは行けなかった。その頃の私は、メロディーをつける必要のない詩を直視できるほど、大人ではなかったんだと思う。

実は、『思いつつ、嘆きつつ、走りつつ、』も、ちゃんと読めてなかった。気づいたらいつのまにか時間がたってた（ごめんねくみこん）。今回解説のお話をいただいて、改めてじっくり全部読んだ。

B'zのくだり面白過ぎる。高橋家の血はほんとに面白い。ユニークな人が勢ぞろいしてる。くみこんがつっこみにまわるという素晴らしい家族。ある意味恐ろしい。

旅行の珍道中も、らしさで溢れてる。彼女は、心と頭と足が三位一体なんだたぶん。旦那さんが仲間になっている感覚も、すぐにイメージできた。永遠を誓わないからこそ、今にあぐらをかくことはしない。ただこの旦那さんも相当な変わり者とみた。あと、大学生の久美子さんに感じていた、人に触れさせないスペースの存在が、なんとなくだけど初めてわかったような気がする。たぶんそのスペースには、彼女自身にも掴めない速度で常に言葉が渦巻いていて、そこから何かを表すための言葉を捕まえるのに一生懸命なのかもしれない。

小さな穴に手を入れて捕まえる、風に舞うくじ引きみたいな。


去年の夏、チャットモンチーの完結を一足早く知らせるために、くみこんとふたりでご飯を食べた。ふたりきりなんて何年ぶり！だったからか、何を着ていけばいいかわからなかった。家を出る直前に、やっぱ着替える、という具合で、たぶん私は元カノに会う元カレみたいだった。

久しぶりに会ったくみこんは、想像してた以上に元気で、どこか少し大人になっていて、でも相変わらずの方向音痴で、家族の話、旅行の話、知人の近況、仕事の話、いろんな話をした。

そして最後に、「お疲れ様」と言ってくれた。

昔三人でラジオをやっていた時。リスナーからの悩み相談でくみこんが返した言葉。どんな相談だったか詳しくは忘れてしまったんだけど、くみこんは「夢は変わってもいい」って答えてた。心強い人だなと思った。くみこんだから言える言葉。でも私もそう思う。誰かに作られた夢じゃない、自分で作った夢なんだから、自分が作り変えてもいいんだと思う。

くみこんの結婚式でもらったお気に入りのコップにコーヒーを入れる朝の時間。

くみこんが作った絵本を息子に読む夜の時間。

なんでもない毎日が本当は記念日だったたって、デビューミニアルバムですでに教えてくれてたくみこんへ。

『いっぴき』発売、おめでとう。


（はしもと・えりこ　ミュージシャン）

初出一覧

第一章　思いつつ、嘆きつつ、走りつつ、

『思いつつ、嘆きつつ、走りつつ、』　二〇一三年二月　毎日新聞社

第二章　街の歌

民族衣装とシャネル　「She is」　二〇一七年十月　CINRA

犬の名は。　「愛媛新聞」　二〇一八年二月十八日付　愛媛新聞社提供

酒の陣　「ROLa」　二〇一四年七月号　新潮社

魂の歌を聞いた　「boid paper#9　映画『ひとつの歌』に寄せて」　二〇一八年八月

詩という魔法　「中学校 国語教育相談室」No.80　二〇一六年四月八日　光村図書

伊予灘ものがたり　「四国旅マガジン GajA」　二〇一四年十一月　エス・ピー・シー

金歯　「文學界」　二〇一八年一月号　文藝春秋

立石の冒険　「RUDI 3」 二〇一六年四月八日　双葉社

両国さんぽ　「Discover Japan」 二〇一五年三月　枻出版社

足のふるさと　「愛媛新聞」 二〇一八年四月二十九日付　愛媛新聞社提供

モネと南瓜　「愛媛新聞」 二〇一八年三月二十五日付　愛媛新聞社提供

旅を食する　「Quick Japan」 vol.121　二〇一五年八月　太田出版

発掘　「愛媛新聞」 二〇一八年一月十四日付　愛媛新聞社提供

光る箱　月刊「ブレーン」 二〇一八年四月号　宣伝会議

第三章　いっぴき

書き下ろし

ボーナストラック

書き下ろし

編集・デザイン協力　宇都宮三鈴
目次・扉の挿絵　ミロコマチコ

本書は、二〇一三年二月に毎日新聞社より刊行された
『思いつつ、嘆きつつ、走りつつ、』に、書籍未収録の
文章、書き下ろしの原稿を加え、再編集をしたものです。

ちくま文庫

いっぴき

二〇一八年六月十日　第一刷発行

著者　高橋久美子（たかはし・くみこ）
発行者　山野浩一
発行所　株式会社　筑摩書房
東京都台東区蔵前二―五―三　〒一一一―八七五五
振替〇〇一六〇―八―四一二三
装幀者　安野光雅
印刷所　中央精版印刷株式会社
製本所　中央精版印刷株式会社
乱丁・落丁本の場合は、左記宛にご送付下さい。
送料小社負担でお取り替えいたします。
ご注文・お問い合わせも左記へお願いします。
筑摩書房サービスセンター
埼玉県さいたま市北区櫛引町二―六〇四　〒三三一―八五〇七
電話番号　〇四八―六五一―〇〇五三

ISBN978-4-480-43524-8 C0195